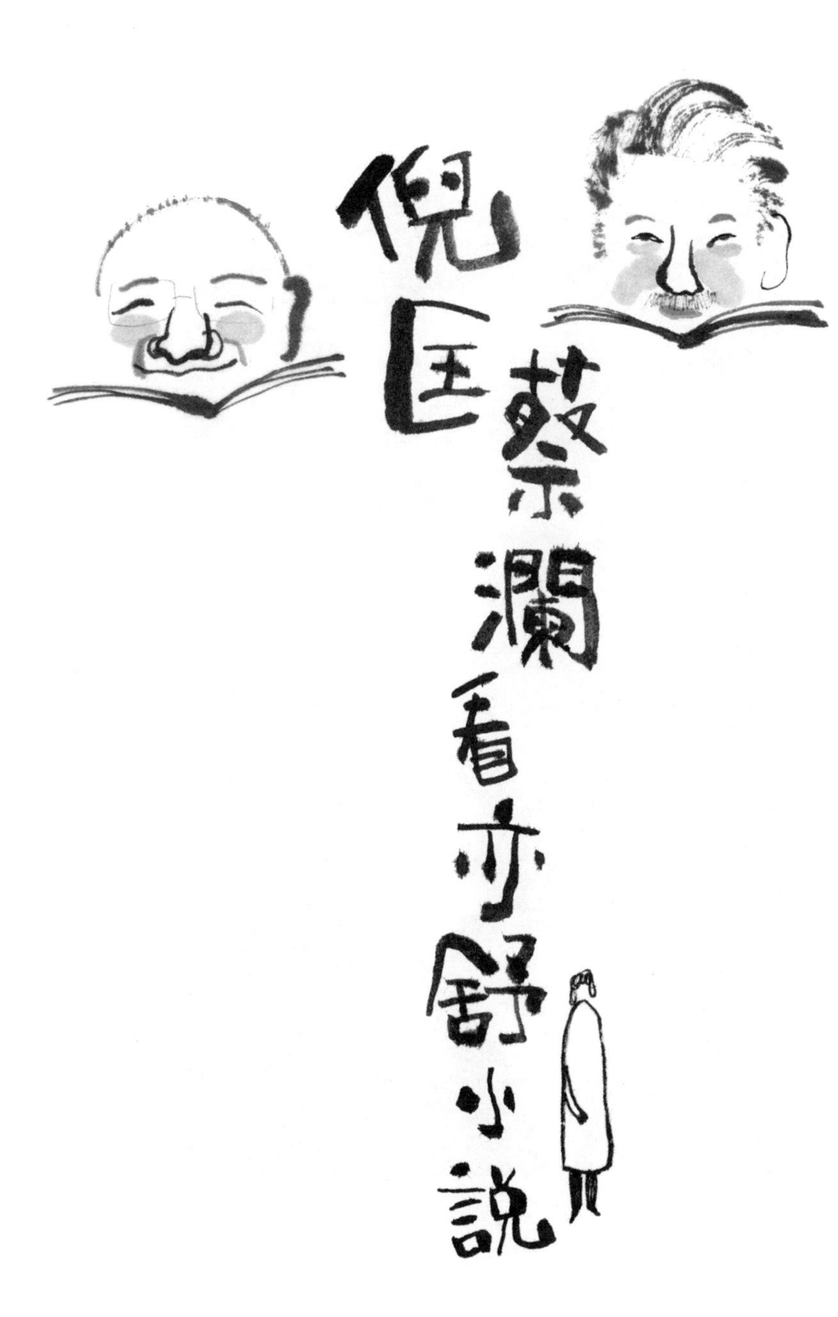
倪匡
蔡瀾看亦舒小說

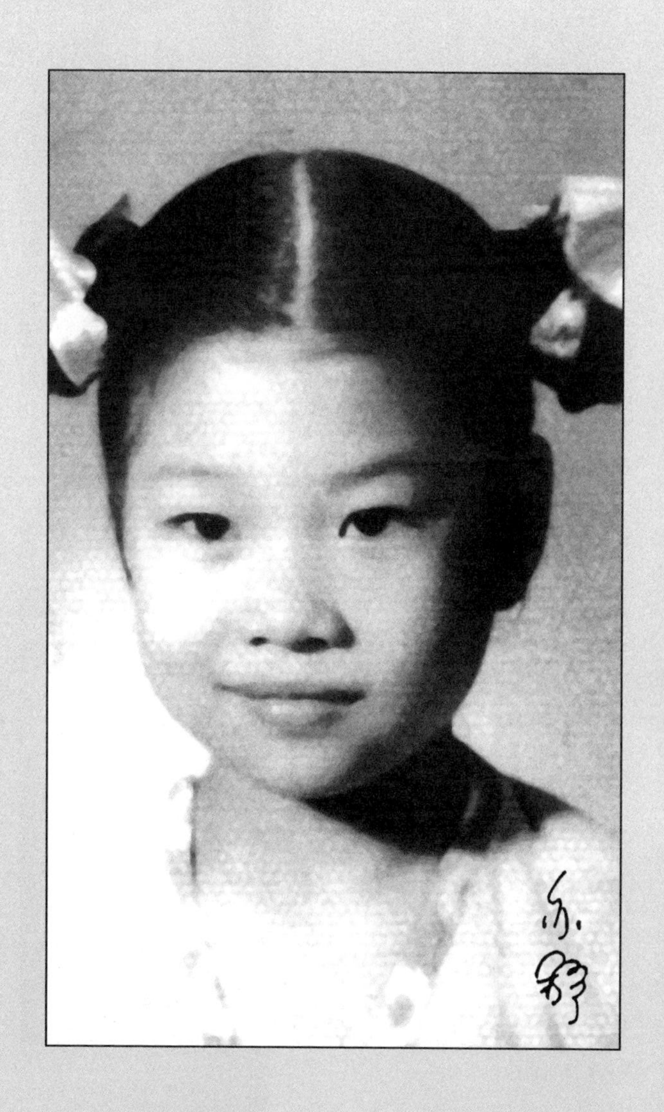
亦舒

倪匡

亦舒

出版説明

倪匡、亦舒兩兄妹著作等身，是香江文壇的傳奇人物；前者以科幻小説衛斯理及劇作、散文名震江湖，後者的都市愛情故事則為一代又一代年青人着迷。

倪匡早已宣佈寫作配額用完，不再創作，亦舒則至今仍筆耕不輟，幾乎每季都有新作。到底被讀者尊為「師太」的亦舒，其著作有甚麼過人之處？作為兄長的倪匡多年前曾撰寫《我看亦舒小説》一書，詳説其因由。雖然書中評論的都是亦舒早期作品，但兄妹相知，卻最具權威性及代表性。此次再版，還補充了亦舒多年好友蔡瀾對其作品的評論，以及相交的點滴，當能更立體反映亦舒作品的特點。

由於內容作了上述調整，故書名亦相應更改為：《倪匡・蔡瀾看亦舒小説》。

無論是喜愛或研究亦舒著作的讀者，本書所提供的第一手材料都不容錯過，值得一讀再讀。

天地圖書　編輯部

二〇一九年四月

目錄

總論

（一）未歷驚險的寫作道路

從她第一次告訴我：「二哥，我寫了一篇小說。」到如今，已經很多年過去了。那年，亦舒只是十六歲。

是甚麼驅使她去寫了一篇小說的，真的不知道，曾經問過她，她自然也說不出所以然來。一個天賦有寫小說才能的人，不論她年齡是多麼小，拿起筆，鋪好紙，寫下了一生之中第一篇小說，實在是不能追問「為甚麼會這樣做」的，因為那是自然而然的事，是必然會發生的事——若是還未曾發生，或只是想了而一直未做，那麼，請對自己寫小說的才能，略表懷疑。

亦舒的小說創作才能，自然是不用懷疑的，自此之後，她一直在寫，創作量之豐盛，中外小說家中能和她相比的，不能算多。

自然，小說的創作量多，是沒有用處的，任何人關起門來，可以一天寫上幾萬字的小說，重要的是，寫出來的小說要有讀者。亦舒的小說是有讀者的，大量的讀者，香港、南洋，愛讀她小說的人極多。

不斷有創作，而且擁有大量的讀者，亦舒毫無疑問，是一個成功的小說家，或者可以說，極成功的小說家。

（亦舒當然也寫散文、雜文。她在這方面的創作量也豐盛之極，而且風格獨特，一樣受到廣大讀者的喜愛。但這本書的目的，是談論亦舒的小說，所以對於她的散文雜文，提過就算。）

亦舒在小說方面的成功，似乎並沒有經過甚麼曲折驚險的道路，和一般的說法不同：在香港，要從事寫作，不知道要經過多少艱苦。可是這種說法，在亦舒的身上，絕不適用。從她寫了第一篇小説開始，她一直寫，一直有報刊爭着要刊登，遠自千里萬里之外，編輯找不到她，找到我來表示要約稿的，不知多少。

印象最深的是前兩年，曾到星馬兩三次，每次，當地文化界朋友相聚，幾乎每次都有人作同樣的要求：「請代向亦舒説，我們想刊登她的小説，條件無妨，只管提出。」一次兩次還不覺得怎樣，三次四次，不免有點光火，五次六次，便會忍無可忍！「怎麼一回事，我也是寫小説的，怎麼不向我約稿，老是要我代約亦舒的稿？」

「獅子吼」之後，竟有瞠目相對，想不起我也是寫小説的人在，真正豈有此理。

亦舒的創作道路，一點不艱辛曲折，小説創作對她來説，像是再容易不過的事，她的經歷，告訴了我們一個事實，真正有才能的人，寫作之道，大都是通順暢達的。那麼多中文報刊，對於各類文體的文字，需求量極大，而從事寫作的人又不多，長期以來，各種稿件的供應和需求，都是處在供不應求的情況之下，此所以寫作人中，一天要寫上上萬字的，大有人在。在這種情形下，若是以為寫作的歷程是十分險危艱苦的，也請對自己的寫作才能，略作懷疑。

亦舒是一個有天生小說創作能力者，在小說創作上取得成功的十分典型的例子，所以寫了以上的一些話，說明創作天才對一個從事創作工作者的重要程度。

（二）目定口呆看亦舒小說

一直知道亦舒的小說寫得好，間中，也看她的小說，可是說起來奇怪，真正集中力量，把她的小說詳詳細細，一口氣看完，卻還是最近的事。記得那天晚上，一口氣看完了《玫瑰的故事》之後，已是淩晨四時，坐在地上，半晌作不得聲。同樣的情形，只有當年看完了金庸的《雪山飛狐》之後才發生過，這

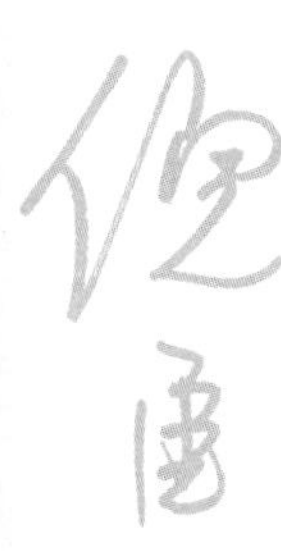

是第二次。

其所以會有這樣的情形，是因為心中不斷反覆地在問着幾個問題：何以小說可以寫到如此精彩的地步？我自己是寫小說的，在我的作品中，有這樣精彩的嗎？能使讀者有這樣精彩的感覺嗎？這樣的一個題材，叫我來寫能寫到這個程度嗎？

問題的答案，幾乎全是否定的，於是我不能不由衷地佩服，不能不呆坐着，直到天亮。

天亮之後幹甚麼？去睡覺乎？非也非也，又拿起書來，再看第二遍，然後，再看第三遍。第一遍，被小說中排山倒海而來的情節震懾住，只能囫圇吞棗；第二遍，稍可仔細點看；第三遍，才可以細細品味。好的小說，是可以一直看下去的，今日，若有書在手，還是可以看得津津有味。

在亦舒的作品中，《玫瑰的故事》自然排名第一（至今為止），這只怕是眾望所歸。在正文之中，自然會有詳細的意見，此處是先略作一提，主要是想寫自己在看了一部好小說之後的感受，而這種感受，在一個喜歡看小說，而且又一直自詡是可以分得出小說好壞的人來說，一生之中並不是太多，所以，這種感受，實在彌足珍貴，有了感受之後，還要不斷回味，才真正過癮。

既然有了這樣的感受，自然接之而來的，是攘臂而起，大聲呼叫：亦舒的小說這樣好看，雖然讀者之多，已是證明，但一定要有人對之作系統的介紹分析。其人，捨我其誰！

由於有了這個決定，所以，才有了這本《我看亦舒小說》。我採用的方式是一貫的，決不作枯燥乏味的「文學批評」，只是興之所至，發表自己的感想，與曾經出版過的《我看金庸小說》風格相類。

（三）可以通過這本書聽我的意見

小說的好壞，是有公論的。哪一個寫作人沒有幾個親戚朋友，單是那幾個朋

友大聲吶喊，推廣宣傳，夠了乎？不夠也。亦舒小說印出來，可以在狹窄的市場中，本本都有上萬的銷路，簡單乎？不簡單也，他人吶喊，無甚大用。這本《我看亦舒小說》，對亦舒的小說銷路來說，不會有甚麼大不了的影響，但是對喜歡亦舒小說的人來說，卻可以聽聽一個自詡頗懂小說的人的意見，其中見解，可以同意，可以不同意，可以擊節讚賞，可以拍桌大罵，等於和一個熟朋友在討論亦舒的小說，可以趣味盎然，可以面紅耳赤，總之是不亦樂乎，那就已達到了目的。

由於亦舒小說十分動人，看了她小說的人，都會有喜歡談論的衝動，由我來帶動，那是十分有趣的事，可以作為在看了亦舒小說得到樂趣之後的另外一種樂趣。

(四) 好的小說必然流行

有一個普遍的印象：亦舒小說，以女性讀者為多。不知道是不是有過正式的統計，大抵這個說法不錯，或者說，年輕的讀者較多。事實上，小說的情形，和電影相類，都是年輕人在「捧場」的多。

亦舒的小說，按照有些人創造的小說分類法，歸入「愛情小說」一類，或者也可稱為文藝愛情小說。如《蝂子號》，分明是極佳的科學幻想小說，但同時也是出色的愛情小說——連機器人也懂得愛情，為情犧牲。

亦舒的小說由於創作量豐富，銷路好，又有一些人，把她的小說稱之為「流行小說」、「通俗小說」，以為有貶低的意思在內。這種說法，真正可笑，所有好的小說，必然流行，流行小說一詞，何足以貶低小說之地位？《紅樓夢》不流行乎？《水滸傳》不流行乎？不是流行小說，只有極少讀者的小說，小圈子人再吹捧，也沒有用，沒有讀者就是沒有讀者，妬也妬不來。至於通俗小說，自然更是溢美之詞，小說寫得越通俗越好，小說是寫來給廣大的讀者看的，又不是寫來給考古家作研究的，不通俗，烏可乎？

亦舒的小說，是極佳的文學作品，她小說中社會現實意識之濃，比起一般枯燥乏味、名詞堆砌、美其名曰嚴肅文學，自名正宗的那些作品來，不知真實強烈多少，這一點，在提到個別的作品時，都會提出來。

(五) 她從不刻意經營氣氛

亦舒小說的筆法，是直接的，毫無掩飾的直爽簡潔，她從來不多化筆墨去堆砌氣氛。在她的筆下，氣氛由於她靈活的文字描述，鮮明性格的人物和曲折的情節而無處不在，這是小說高手才能做到的境界，有這種風格的小說家並不多，讀者只要比較其他同類小說的筆法，就很容易發現這一點。

在亦舒小說之中，她很喜歡借小說中人物的口，或思想，寫出一些其實是作者本身對事物或人物的觀點，這些片段，通常都是對虛僞的道德的無情的揭露，寫出真正的人性——人類有掩飾自己真正性情的本能，亦舒小說中就把種種的掩飾揭開來，關於這些片段，在細看她的小說時，自然都會特別指出，不會輕易放過，因為這是亦舒小說的特色之一。

(六) 亦舒小說中的「我」

亦舒小說中另一個大特色，是幾乎所有她的作品（少數短篇例外），都以第一人稱「我」來寫。很少有一個小說家，有那麼豐富的創作量，而所有的作品，全是用第一人稱的方式來寫的，這一點，是亦舒小說極突出的一點，在《玫瑰的故事》中，這種特色，發揮到了盡致的境地。

甚至，有的書名，她也用「我」，如《我的前半生》。

亦舒小說中的「我」，並不是一般初寫小說的人的第一篇小說中的

「我」，這必須弄清楚。一般初寫小說的人，作品中的「我」，往往就是作者自己，習慣於在小說中把作者自己寫進去，當然也是小說的寫作法之一，但那頗不足為訓。

除非，這位作家只準備寫一本書或兩本書，不然，自我的故事，一下子就寫完了，何以為繼呢？一個小說家本身的生活再豐富，也無法演繹為超過十部小說的吧？

寫小說，主要是靠在掌握了寫作技巧之後，如何去發揮想像力，不是去寫現實生活。小說中的故事情節，根本上全是虛構的，現實生活中有小說中這樣的人，可是現實生活中的那個人，不能直接地搬進小說中來，如果這樣，那麼，小說就不成其為小說。

小說之所以是小說，是小說家融合了自己對人物，對社會，對人生，對一切的觀念，創造出來的。小說中的每一個人物，全是創造性的人物，全由小說家去塑造，可以依據某些現實中的人物作藍本，也可以是全不加依據。

話題似乎有點扯遠了，但一則，老是聽人問及：小說中的事是不是真的？真有這樣的人嗎？等等，所以要闡釋一番。這種問題，其實全是蠢問題。

而有志寫作的年輕朋友也不少，一拿起筆來，就只想到寫自己本身的故事，以為把三五年來的日記，略加變化，就可以成為一部小說，那是相當滑稽的一種想法，就算只準備寫一部小說，也難以寫得好。

小說寫作是一種藝術，要求藝術和真實之間加上等號，是一種十分可笑的要求。

亦舒早已掌握了小說寫作的必須技巧和認識。她小說中的「我」，絕不是她自己，身份之多姿多彩，無出其右。忽男忽女，忽老忽少，忽富忽貧，忽苦忽樂，千變萬化，無一雷同——自然全是創造的人物，「我」在她的小說之中，是在每篇小說中獨定的一個角色，絕對不是固定的，上一篇中，是一個小說作家，後一篇中，是一個低級特務。亦舒小說中的「我」，只是她寫作方式，並不是她在寫她自己，這一點必須弄明白。

而由於如此，她小説中的「我」，不但身份千變萬化，連性格也是絕少相同的。

她的讀者，都習慣了她這種獨特的創作方式，而且都接受了她這種寫作方式。像《玫瑰的故事》，同一篇小説之中，分成了四段，赫然便有四個「我」。第一段的「我」，在第二段成了「他」，第二段又另外有「我」，這種創作形式上的靈活變化，真叫人嘆為觀止，但是一點也不會引起混淆，顯出了她在小説創作上的無比才華。

（七）姓名上的小遊戲

亦舒小説之中的人物，姓名有時古怪得有點匪夷所思，例如《曼陀羅》中的「慕容琅」。但有時，也簡單得令人吃驚，如許多的「玫瑰」，許多的「家明」（很多又是姓宋的）。熟悉亦舒作品的人，自然都知道這一點。

寫小說的人，要取一些古怪的、響亮的角色名字，那是再也簡單不過的事，亦舒對玫瑰或家明這樣的名字，也不見得有甚麼偏愛，這純粹是寫作上的一種遊戲筆墨，在娛人之餘的一種自娛。也可以說，是寫作人一種自我炫耀心理的結果：一個藝技精湛的人，隨意揮灑，就可以有所表現，小說中人物的姓名，不必刻意營造，玫瑰就是玫瑰，家明就是家明，一個角色的名字，對於整篇小說來說，作用極微，用再普通的姓名，甚至一再重複，但仍然可以寫出全然不同的精彩小說來。《風信子》中的宋家明，和《喜寶》中的宋家明，三個字擺出來，是完全一模一樣的：宋家明。

但是，兩個宋家明，卻是截然不同的兩個人，姓名在她的小說中，變得全然無足輕重。

但是又不是她每一篇小說中主角的姓名都是不經心的，也有精心設想的，《喜寶》中的姜喜寶就是一例。她是在告訴我們：我不是不會改角色的姓名，只是有時，可以根本不必理會，就算一直是「某甲」和「某乙」，一樣可以由甲乙丙丁、戊己庚辛來構成一篇故事感人、情節驚心的好小說。

亦舒在很早期，就喜歡這樣子——創作量豐富的小說家，大都有這種傾向——她早期替一些雜誌寫短篇小說，就有第一篇名為《王子》，第二篇名為《復仇記》，單行本一出，目錄排出來就成了《王子復仇記》的遊戲之筆，十分有趣。

這是長期從事寫作的人的一種樂趣，若以為亦舒連取多幾個人名也不會，那就大誤極誤，正相反，這是一個寫作人的「牙擦」之處。

（粵語中的「牙擦」，很難用國語來作傳神的翻譯，只好用了一個粵語詞彙，請各方君子見諒，因為我是一直反對在行文之中，使用方言的。）

（在行文中使用方言，會引起極度的混淆，而且，自動把讀者範圍縮窄。雜文散文猶可，小說中若大量用方言，粵語的只好給講粵語的人看，台語的只好給講台語的人看。《九尾龜》、《海上花列傳》全是好小說，不諳滬者，看起來也就像看天書。）

（有以為小說中加上方言，可以增加氣氛，增加鄉土味，增加主角人物個性，增加……者，都不以然，還不如說作書人連國語都不會說來得好。）

〔亦舒小說之中，絕少出現方言，這是她小說的優點之一。〕

（八）亦舒小說的社會現實意義

亦舒的小說，具有極高的社會現實意義，甚至是她的幻想小說，也有現實意義。

小說，不一定要有社會現實意義，但亦舒的小說的確有，就值得提出來。一般來說，亦舒的小說中的社會現實意義，不容易被「評論家」所承認。某些「評論家」心目中，有社會現實意義的小說，主角人物應該是父母雙亡，孤兒院出來，教養所進去，生了病就得被逼去當娼當盜，養一隻狗都會被車子輾死，買一斤鹽回去也會生蟲的倒霉人物，而且必然是又窮又苦，苦得不能再苦，這就叫「暴露社會的黑暗面」，主角人物總之得有苦遭遇，越苦越好，這就「現實」了。

但是我認為，這種題材，自然也可以成為好小說，專在這種題材上灑狗血，則大可不必，這種「狗血」，粵語殘片中要多少有多少，並不是甚麼稀罕的東西。

亦舒的小說中，很少這一類人物，就算有，也不灑狗血。亦舒的近作《銀女》，接觸到社會下階層人物的生活極深刻，但一樣維持着她一貫的寫作風格，不把大量的廉價同情灑向小人物的身上，也不把一切人類的美德，都加在小人物的身上——小人物真的那麼美好？只怕不見得，小人物卑鄙起來，和大人物不遑多讓。

亦舒小說中的人物，以社會中高層或中層的人物居多，更多的是知識分子。也有很多不同類型的豪富。她寫這些人的生活、愛情，塑造這些人種種不同的形象，寫他們的快樂，寫他們的痛苦，寫他們的成功，寫他們的挫折，寫他們的掙扎，寫他們的苦悶，寫他們的種種心態。現實生活中顯然有大批這樣的人在，為甚麼不能去寫他們？為甚麼不能寫意氣風發的原子物理工程師，非要寫終日酗酒斷了一條腿的木匠？

再一次強調：小說不一定非要有所謂社會現實意義不可，但亦舒的小說，的而且確，不用灑狗血的方法，刻劃出各階層人物的特性，這卻也不容否認。

也有以小說中有否社會現實意義來區別一篇作品是否文學作品者，那更是十分滑稽的一種想法，但即使如此分，亦舒小說仍然是文學作品。

亦舒的小說，大多數在香港寫出來，她的小說，是香港人值得引以為傲的文學作品，不但目前擁有廣大的讀者，而且，必然將有十分久遠的影響。

（近日，應一個出版社之邀，作一次小說創作比賽的評判，就發現不少篇作品，筆法是摹倣亦舒的，這可證明她的小說在讀者之中已有一定影響。）

（奉勸有志從事小說創作者，不要去摹倣別人的風格，要建立自己的風格。）

倪匡

（雖然，建立自己的風格，不是容易的事，但要是容易，阿狗阿貓都可以變小說家了，當然是不容易的事，是不是？）

（人家的風格再好，也是人家的。自己的風格再不好，是自己的。）

（亦舒如果一直摹倣他人的風格來寫作，她就不會有今日的成就。）

（九）夾議

亦舒小說的另一個特點是，在小說中，她會忽然藉着情節的發展，或是人物的遭遇，而發出以作者立場出發的議論。這種議論，或月旦人物，或評議事件，例子不勝枚舉，在論及個別作品時，會摘要指出。

這種寫作方式，很多小說家都喜歡用，讀者也會感到相當有趣。運用這種方式最多的著名小說家是古龍，古龍的小說之中，評議極多；也恰到好處，有助於小說情節、主題的推進。

亦舒小說的這種夾議，完全是她的雜文風格，譏諷性十分強烈，三言兩語，若是輯錄下來，就是極佳的諷刺小品，痛快淋漓之至。

(十) 新

亦舒的小說，可以稱之為一種新形式的、現代社會的節奏之中所產生的文學作品。她的作品，在有意和無意之間，對傳統的文學創作觀念，作了徹底的反叛。從她一開始創作，她就堅持着這種創作法，而且，有目共睹，取得了成功。

也由於她堅持用自己的方法在創作，不受傳統的觀念的任何拘束，所以她的作品，有着濃厚的現代社會的氣息——這也是她的小說擁有大量讀者的原因。當然，仍然堅持種種傳統的文學創作觀念和教條的人，對她的小說是不會歡喜的——或明明歡喜，但是又不甘心承認。矯揉造作和直率無忌，連篇說教和一針見血，掩飾人性的弱點和毫不留情的揭露，文字堆砌和直截了當——其間的距離之遠，當以光年計算，如水火之不相容。

(十一) 現代

亦舒小說是現代的，一切懷舊或拘泥於傳統創作法的人，必然會被她的小說嚇得臉青唇白，但是現代社會中的讀者，就會把她的小說當作好小說，一本又一本買來看，看得津津有味。

(十二) 創作量

「總論」似乎寫得太長了，但仍然意猶未盡，只是舉出了若干總的特色而已，細節，當在說到個別作品時，再詳細討論。

需要補充的一點是，亦舒的創作量之豐富，也是極其罕見的。她已經寫了幾十本小說，許多雜文和散文，而且不停地在寫作，就算她在英國讀書期間，也從來未曾停止過寫作。很少寫作人有這樣的創作能力——別以為寫作只要靠動腦，別忘記也還是要動手的，將近二十年了吧？她沒有一天停止過寫作，而她現在還年輕，若是再這樣繼續不斷地寫三十年，那麼她一生創作的各種形式的作品，數量之多，真足以令人咋舌的。

女作家之中，能有這樣豐富的創作量的，只怕古今中外，都不是很多。和許多許多她的讀者一樣，都衷心希望她不斷寫下去，一直寫下去。

（十三）補充

酒後，忽然又想到一點，必須歸入總論之中，是亦舒小說的特色之一，而且，其他小說家很少有這個特色，那就是，在她眾多的作品之中，幾乎是沒有

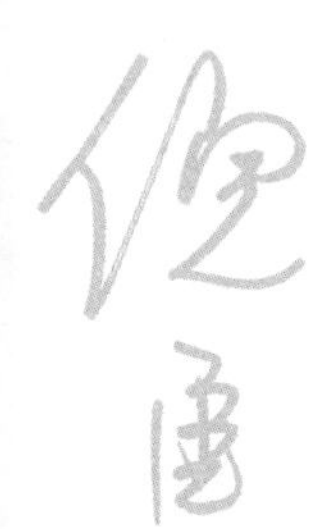

「歹角」的，她從不在小說之中，刻意去營造一個公式化的反派。呵呵，這種公式化的反派，在一些所謂「社會寫實」的小說中，簡直氾濫，諸如放了高利貸逼人賣女兒的，拆了木屋造新房子來謀利的，三十年患難交情結果出賣朋友的，刻薄盤剝工人的……等等等等，彷彿沒有這類人物，小說家就不能寫出人性的衝突，就不能有小說一樣。

可是亦舒打破了這種小說的寫法。她從不在文字上譴責甚麼人，只是把一個人的想法、做法寫出來，把一個人的性格寫出來。在她的筆下，就是這樣的一個人，喜歡他也好，不喜歡他也好，他有他的缺點和惹人厭處，也有他的優點和惹人喜處。

亦舒筆下的人物，全是活生生的真人，亦舒不但給了他們一個姓名，而且使他們成為真正的一個人，讀者可以感到每一個人的心跳。她筆下的人，不是死板的，為了砌成一個「感人肺腑」、「賺人熱淚」的故事而塑造出來，而是根本在這個社會之中，在我們的身邊，被她順手拈來，放進了小說之中。

這種信手拈來的本事，不是寫小說的高手，根本無法做到，而刻意製造一個歹角，製造一個小女孩十一歲去當娼妓的故事，是中學生都可以做得到的。

亦舒寫作能力之高，由此可見一斑。

《喜寶》

亦舒的小說極多，首先說《喜寶》。通篇中，有書名號的《喜寶》是小說，沒有的喜寶，是小說中的人物姜喜寶。

那天，無綫電視的工作人員來談有關靈魂的事，其中一位清麗而又工作負責得令人吃驚的小女娃，麥偉雯，忽然談起亦舒的小說，兩人一起咬牙切齒地說：「喜寶，真是卑鄙！」

是的，喜寶真是卑鄙。

（一）一個出賣自己的女人——卑鄙的解釋

《喜寶》這篇小說，可以有一個副題：「一個出賣自己的女人」。一個出賣自己的女人，自然卑鄙，然而，可以有一個引題，引聖經中的話：「你們之中，誰沒有罪的，就可以拿石頭擲她。」這是耶穌基督的話——當群眾要用石頭擲死一個淫婦時，耶穌基督就這樣對群眾說。

是的，喜寶，姜喜寶，真是卑鄙，勗聰慧忍不住罵她，「你是一個妓女！」（讀這句話時，應該參照一下英語，相信勗聰慧在罵出這句話來時，一定是用英語罵的，因為這是一句英語的慣用語，中國罵人語雖然豐富，很少用這句話罵人。）美麗的姜喜寶，真是卑鄙之極，可是，人，有誰是不卑鄙的？耶穌基督？釋迦牟尼？他們都不是人的範疇之內的了，一個是上帝的兒子，一個是佛！普通人是不能用他們的標準來衡量的。

人，是一種卑鄙的動物。

這種說法，不自本人始，不自今日始，「人之初性本惡」的說法，早在約兩千一百年前，荀況先生早就說過了。而且直截地指出：「其善者偽也」。

自然，也有「人之初，性本善」的「性善說」，與「性惡說」完全相反。

善和惡，其實一直在人性之中交織着，《喜寶》中的姜喜寶，只是卑鄙，不在善和惡的範疇之中。

而且，喜寶的卑鄙，只是她在做某些事的時候，所用的方法太過突出，所以才給人以這種感覺。

喜寶的行為，是她出賣了她自己，把她自己賣給了一個豪富勗存姿。

一個出賣自己的女人。

在這裏，先說明一下一個女人出賣自己的「出賣」中的定義：她出賣的，是她的身體和生命。說得簡單一點：某一個男人出錢給這個女人，這個女人就得盡收了錢的義務，和那個男人性交，由那個男人在她的身體上取回化了金錢之後，他應得的權利。

這是一種赤裸裸的買和賣的行為，和現實社會中其餘一切買賣行為無異。

可是，其他的一切買賣行為，都是道德人情認可的，一個女人出賣自己，就會為社會道德所不齒，客氣點的，稱之為壞女人，不客氣一點，稱之為賤女人，再不客氣一點，就罵之為妓女。

一個女人出賣了自己的身體，是人人可以看得到的。但如果任何人出賣了靈魂，別人卻是看不見的。一個出賣了靈魂的人，可以看起來高尚之至，道貌岸然，而一個出賣了身體的人，就會被人所不齒。

自然，肉體和靈魂之間的分隔，不必如此清楚，總之是出賣就是。

人，是可以出賣自己的，事實上，每一個人，都在各種不同的條件下出賣自己——出賣的是生命、身體或靈魂。幾乎無人可以例外。

每一個人，都有一個價錢，任何人，可以不必告訴別人（在對別人說的時候，當然是理直氣壯，哼，別人都有價錢，我可沒有！）好，閣下沒有價錢，那是閣下所說的。可惜的是，人類的語言與人類的思想，在絕大多數情形之下，是不能配合的。說的和想的不一樣，稱之曰說謊——誰不會說謊呢？誰又不曾說過謊呢？所以，說自己沒有價錢的人，不必沾沾自喜，好像別人真的以為是沒有價錢的了，別人是不會相信的。

因為，其實每一個人心中都知道，人是有價錢的，人人都有。

喜寶當然也有價錢。

在人的價錢這一點上，女人的價值最是變化萬千。同一個女人，一年之前價錢便宜，一年之後，可能身價萬倍，絕沒有「市場規律」可言。所以也可以說，女人是無價的。這中間，當然除了價錢之外，還包括了感情在內，現實和浪漫是可以結合的。

（對不起，用了「市場價值」這個粗鄙的名詞。）

喜寶就是這樣的典型例子。《喜寶》的故事，也是現實與浪漫結合的典型。

喜寶第一次出賣自己，並無浪漫可言，要浪漫，也得有對象，韓國泰是甚麼東西，勗存姿才夠資格——那倒不是勗存姿有錢，而是他，的而且確，是一個有資格浪漫，懂得愛情的男人。

可是，在沒有更好的對象（買主）的情形下，喜寶也作了決定：

「韓某在被利用期間，他也得到他所需要的一切。他並不是笨人。」（第二十二頁）

喜寶始終是公平的，等有了更好的對象之際，她並不覺得自己虧欠了韓國泰甚麼，這個唐人街餐館的調酒師還想去糾纏，喜寶用她自己的觀念給了他回答：

「韓國泰，你完全説得對……這些年來我忍受過甚麼……但是你損失過甚麼？你難道沒有得到你需要的一切？」（第九十五頁）

韓國泰屢次糾纏喜寶，自然是男人的一種極度的鄙俗，稍有自尊，稍有風格的男人，切切記得，如果遇到了相類似的情形，千萬別學韓國泰，要學，得學勗存姿，那才是男人應有的風度。自然，關於勗存姿這個人，以後還有評論。

喜寶和韓國泰之間的關係如何，再明白也沒有，不過亦舒並沒有明寫，只是用了幾次韓國泰「也得到了他所要的一切」來交代。這種寫法，當然明智。亦舒的小説，寫男女關係，以心理為主，生理上的男女關係，並不着意去描述，都用比較含蓄的筆法寫出來，讓讀者自己去會意，所以她的小説，格調上顯得十分淡雅。

這種含蓄的寫男女生理關係的創作法，倒是優劣互見的。好處是，含蓄而留有餘地，保持作品淡雅的風格，而且可以讓讀者自己去想像——好的文學作品，都留有給讀者想像的無限餘地。而且，有的男女之間，關係實在十分醜惡，像喜寶和韓國泰之間，如果詳細描述韓國泰是如何「得到了他需要的一切」，那實在是極其不堪的一件事。不寫，讀者可以憑自己的想像力去想，也可以根本不去想。

而缺點是，男女之間的生理行動，畢竟是男女之間心理行動的持續，兩者之間，甚至有着極其密切的關聯，相互影響，關係至大，若是每一次都只是暗寫，或淡寫，雅則雅矣，感染力方面的震撼便有所不逮。

文學作品之中，是不是應該有男女生理方面的詳細描述，長久以來都有爭論，也未有結論，色情和藝術，只是一線之差，很難把界限定得確當。套一句電影上常用的術語：若是劇情需要時，應該是可以詳加描述的。在《喜寶》中，就有一處，可以成為討論的焦點。

那是喜寶和勗存姿的「唯一的一次」，亦舒只是這樣寫：

「我為他解開鈕子，還沒有扣第一粒，事情就發生了。」（第一三二頁）

就這樣極淡的一句，到後來，喜寶回想起那一次，才又感到自己是如何在勉強自己：「那一夜勗存姿的手放到我身上，再放鬆肉體還是起了雞皮疙瘩……」（第二四三頁）

這自然也是一個出賣自己的女人應當忍受的。非但應當忍受，而且絕不能有任何表露。這才是「商業道德」，能夠造成一種皆大歡喜的局面。

這一節情節，其實可以寫得詳細一點。寫得詳細的好處是，可以更深刻地寫出勗存姿的老年人的自卑，也寫出喜寶出賣自己的無可奈何的悲哀，對於人物性格的刻劃有幫助。

而且，在日後小説情節的發展上，喜寶和勗存姿之間，終究是發生了愛情的，其中的轉變過程，自然也可以更深刻動人——兩個人從純買賣的肉體關係，昇華為超越了肉體的心靈上的相愛，老人醜陋的肉體不再醜惡，勗存姿也毋須再為自己衰老的身體而自卑，在那時，當勗存姿的手，再撫摸喜寶的身體時，喜寶自然也不會再有渾身起疙瘩的感覺了。

每個作家有每個作家的寫作風格，亦舒的寫作風格如何，以上只不過是一己之見，可以供讀者討論時，作一個參考。

（二）喜寶的美麗

喜寶是一個美麗的女子，出場時，她二十一歲，終場時，她二十六歲。二十一歲到二十六歲，自然是一個女人一生之中最美麗的時刻。別的女人，或者會有欠成熟，但喜寶無疑是早熟的，她十三歲那年就懂得利用自己的美麗：

「所以我在十三歲上頭會學叫男生付賬，他們願意，因為我長得漂亮，而且我懂得討好他們。」（第一七三頁）

（說明一點：在引用原文的時候，都根據「天地圖書有限公司」出版的版本。《喜寶》好像另有出版社出過，所以要說明一下。）

（再說明一點，引用原文時，一個個字照抄，不作更改。像上面這句，可能有排字上的錯誤：「十三歲上頭」，應該是「十三歲頭上」，「會學」應該是「學會」或「會得」。）

（「天地」編者按：「天地版」《喜寶》是根據「明窗出版社」七九年版本重排出版，出版前並未經作者校閱。）

需要特別注意的是，喜寶在十三歲那年，已經不但漂亮，而且「懂得討好他們」！

十三歲時的喜寶，討好的對象自然是年紀比她略大的小男孩。但十六歲的喜寶又如何呢？十九歲的喜寶又如何呢？

喜寶的成熟，不能以她二十一歲的年齡而論，她是一個早熟的女人，這一點絕對可以肯定。單是懂得如何去討好異性這一點，其間學問，便不知多大，不知多少女人一輩子也學不會。

這種說法，女性讀者可能嘩然，女人何必懂得去討好男人！

但叫沒有用，女人，真是應該懂得如何去討好男人的，就像男人必須懂得如何去討好女人一樣，絕無任何輕視女人的成份在內。

只有懂得如何討好男人的女人，才能博得男人的歡心，也只有懂得如何討好女人的男人，才會博得女人的歡心，男女之間的情愛，由此而生。一切驚天地、泣鬼神的愛情故事，全由此而生，其重要程度，在男人或女人的外表美麗之上，切不可等閒視之。

喜寶在二十一歲那年，早已完全成熟，非但在男女事情上，而且在人情世故上，也已經完全成熟。她不但有叫人一看到她就喜愛她的本領。而且，看看《喜寶》的開始，她被勗聰慧帶着到勗家去的情形——一個窮人家的女孩子，忽然進入了豪富之家，突然之間，處於一個對她來說，全然陌生的境地之中，可是喜寶一點沒有侷促不安，一點沒有小裏小氣，她應付得如此得體，使得想看她不起的人，一一碰了釘子，這一大段文字，真是好看煞人，使人想起大觀園中的那些姑娘奶奶們的「全掛子武藝」！

勗家的人中，勗聰憩是不易對付的，喜寶輕易把她的刻薄話對付了過去：

「索性承認了，她也拿我沒奈何。」（第二十五頁）

她又知道要提防宋家明。這一大段的最高潮，是喜寶知道了勗存姿就是她在花園中見過的，曾對之發了不少牢騷的那個人之後：

「……我在心中呻吟一聲，這老奸巨猾，我怕我頭頂會冒出一陣青煙昏過去。」（第三十頁）

可是，要頭上冒青煙昏過去，始終只不過是她的感覺，實際行動上，她：

「但既然已經酒後失言，也不妨開懷大飲。」（第三十頁）

喜寶的應付辦法，是根本不當一回事！喜寶在到勗家之初，根本就沒有懷着甚麼目的，所以更能使她在任何惡劣的情形下，應付自如。

如果她早是有目的而去的話，當其時也，只怕會真的頭上冒出青煙來而昏了過去。

根本不想求得甚麼，結果反而得到了一切，其「無心插柳柳成蔭，有意栽花花不發」乎？

好了，小標題本來是説喜寶的美麗的，忽然説到喜寶的成熟方面去了，似乎有點離題，但其實不然，任何女人的美麗和成熟是分不開的，那一個男人，會真正去愛上一個白癡型的美女呢？

再重複一句：喜寶是美麗的。

這應該是毫無疑問的事了。可是再問一句：喜寶怎樣美麗法呢？真是很難答得上來，因為從頭到尾，亦舒根本沒有寫喜寶如何美麗。亦舒沒有寫喜寶的臉型是怎樣的——鵝蛋面乎，瓜子臉乎，蘋菓臉乎？亦舒也沒有寫喜寶的眉毛是怎樣的——柳葉眉乎，濃眉乎？細眉乎？亦舒也沒有用「水汪汪的大眼睛」去形容喜寶，沒有用「筆挺的鼻子」去形容喜寶，沒有用「殷紅的小唇」去形容喜寶，她幾乎甚麼也沒有形容過，但是，看過《喜寶》的人，都知道喜寶是一個美女。

這是亦舒寫作技巧之一，她常把這種技巧用在美麗的女主角身上。

（《玫瑰的故事》是另一典型，但玫瑰的美麗，又不同於喜寶的美麗。）

亦舒不用具體的形容詞去形容女人的美麗——水汪汪的大眼睛，真是「老土」之極，一個美女，會有細如線縫的鬥雞眼嗎？當然不會。

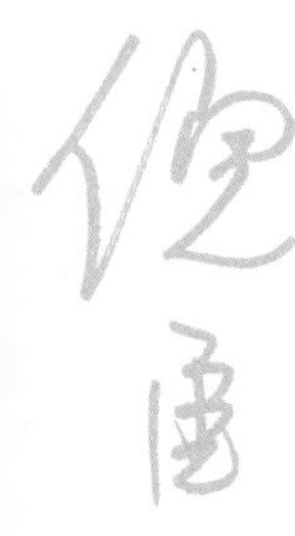

亦舒用的寫作法子，是間接的，一點一滴，由他人眼中看出來的美女，開始時還不覺得，但久而久之，一個美女的形象，便自然而然，在讀者的心目之中，建立了起來，印象深得再也抹不去。

而且妙的是，如果有十個人在一起，討論喜寶的容顏，得出來的結果，可能是十個不同類型的美女——讀者憑自己的想像去塑造自己心目中的美女，各人把自己喜愛的容顏，加到了書中人物的身上。

這是畫法中的「但求神似，不求形似」。

也是小説寫作技巧中高超的技巧。寫小説，能在「旁面反面前面後面渲染出來」，才是妙筆。

（引號中語句，引自明齋主人《石頭記》卷首總評。）

不過，讀者偏要「尋根究底」起來，喜寶的美麗，倒也還有一點線索，可供追尋。

喜寶的身材極好，她有豐滿的胸脯，勗聰慧一次見到了，大是驚訝：

「嘩！你有這麼大的胸脯！我以為只是厚墊胸罩。」（第十七頁）

這是女人看女人。後來，丹尼斯阮也對喜寶豐滿的胸脯大加讚賞：

「我不能忘記你的胸脯，你有極美的——」（第一二六頁）

女性的胸脯美麗（亦舒的用詞比較含蓄），當然是指乳房的美麗而言。而美麗的女性乳房，真是可以美麗到無法想像地步的，喜寶在這方面得天獨厚，使她成為出色的美女。

喜寶的胸脯，丹尼斯阮，這個在酒吧中勾搭異性慣了的漂亮年輕人，又曾讚嘆過：「……我從不曉得東方女郎也有這麼好的胸脯。」（第一三五頁）

（喜寶在酒吧跟丹尼斯阮回宿舍，亦舒也輕描淡寫略過，但在丹尼斯阮的兩番讚嘆之中，可見那一晚上風光之旖旎。難怪喜寶回來時，覺得「心中舒暢，適才在勗存姿身上受的氣蕩然無存」了。）

喜寶的皮膚是白膩的，勗存姿曾讚她：

「你有極好的身材與皮膚。」（第一四一頁）

勗存姿是見過世面的豪富，他用了「極好」這樣的字眼，可知一定是真的極好。若是韓國泰來說，自然要打點折扣。

還有，勗存姿送紅寶石項鏈給喜寶，喜寶掛了起來之後問「好看嗎？」勗存姿這樣回答：

「好看，你皮膚白。」（第二三六頁）

這麼簡單的一句話，可是都可以想像出一幅極美的畫面來：一個皮膚白膩的美女，項上閃耀着鮮紅的紅寶石的光芒。而當其時也，美女陪着的是一個日趨衰老的老人，這就更增悽楚，情何以堪，看到這裏，也就只好掩卷太息了。

除此之外，喜寶究竟美麗到如何程度，竟無一字可考了。別人見到喜寶時，感到她「漂亮」、「美麗」的次數甚多，不一一引出，只要知道喜寶是一個美女即可。值得一提的是有一次，勗存姿這樣說：

「你睡熟的時候很漂亮。」（第一一四頁）

人在三歲以後，睡熟的時候，難看的多，好看的少。喜寶在睡熟的時候都好看，那是真的好看。而且，成年女性的美麗，在很多情形下，都是借助現代化妝術的。除非喜寶睡覺的時候，也像長篇電視劇中的女主角一樣，照樣濃妝上床，不然，喜寶的美就是天然的，那是一種真正的美麗，不可多得的美麗。

喜寶的美麗，使她成為勗存姿的情婦，也使得許多男人為她顛倒，這一點殆無疑問。

自然，還有別的原因，例如喜寶的成熟和性格，等等，但若果喜寶胸平如鏡，腰粗若椽，膚粗似麩，只怕性格再好，再成熟也不中用，連韓國泰都不會多看她一眼的。

（三）喜寶的感情

喜寶雖然一再因為金錢而出賣自己，但是她並不是只要金錢的。有如下一段對白：

「在生活中，你最希望得到的是甚麼？」

「愛。」「被愛與愛人，很多愛。」

「第二希望得到甚麼？」

「錢。」「足夠的錢。」

「還有其他的嗎？」

「健康。」（第三十九頁）

喜寶第一需要的是愛，第二是錢，第三是健康。這三者，自然最好是兼得，而當只能選擇一樣時，沒有人會懷疑喜寶會選擇愛，但是，當愛根本沒有時，喜寶也絕不會猶豫，她選擇錢。兩者都沒有了，健康也是好的——一個人當甚麼都沒有時，自然只好把希望寄託在唯一的，與生俱來的健康上。

說起來很可憐，再問下去：若是連健康也沒有了呢？

答案多半是：那就只好希望活着。

人類對於生命的依戀，真是頑固到了吃驚的地步，「好死不如惡活」這句話就是典型的寫照。

「要愛，沒有愛，就要錢，都沒有，健康也好」這句話，在《喜寶》中曾重複過好多次，自然，這是喜寶的觀念。

到後來，喜寶是幸運的，她又有愛（勗存姿愛上了她，她也愛勗存姿），又有錢。可是到最後，勗存姿死了，她沒有了愛，還有錢。

所以《喜寶》的結尾時亦舒這樣寫：

「勗存姿的故事是完了，但姜喜寶的故事可長着呢。」（第三二六頁）

姜喜寶的故事如何延續下去，可以另立一節來討論，此處不提，且先來看看喜寶的感情歷程。

在到英國之前，喜寶應該是有男朋友的。勗聰慧就由衷地這樣說：

「……任何男人都會愛上你，真的，你的男朋友一定以噸計算。」（第十三頁）

但是，喜寶從來也未曾試過有愛情：

「我看得太多，聽得太多，等得太久。一次一次的失望。」（第一五三頁）

或許喜寶曾有過愛情，但那只是普通的愛情（這句話很有點語病，但大家還是懂的），她沒有在任何人身上，發生過真正的愛情。

然後，她到了英國，遇上了韓國泰。她當然從來也沒有，一點也沒有愛上韓國泰，這一點，絕無疑問，不必再引用疑問來作證明了。

再然後，就是勗存姿。喜寶和勗存姿之間的事太多，暫時一提就算。

還有是丹尼斯阮，這個漂亮的男孩子，曾使得喜寶有過一陣子短暫的快樂，但喜寶當然也不會愛他，就算沒有勗存姿，喜寶也不會愛他。

喜寶和勗聰恕之間，也沒有愛情——勗聰恕愛喜寶，但愛情是雙方面的，一廂情願者不叫愛情，叫單戀，是一樁十分滑稽的事。而且，勗聰恕之愛喜寶，是他自以為如此而已，像他這樣性格的男人，在喜寶的眼中，猶如嬰兒，別說愛上喜寶她，就算是談情說愛，也還資格不夠的。喜寶對勗聰恕很有感情，那只是一種憐惜，同情，絕無男女情愛之意在內。

還有宋家明。宋家明也愛喜寶，他甚至提出：

「或者我們可以一齊逃離勗家，你願意嘛？」（第一七六頁）

宋家明愛喜寶的道理很簡單，就算勗聰慧的美麗程度，和喜寶不相上下，成熟方面，卻相去甚遠。宋家明本身是成熟的，他是一個腦科醫生。一個腦科醫生，自然也可以去愛上一個豪富千金，但絕不必要如宋家明那樣委屈求全。宋家明就算沒有了豪富千金，他的生活，還是比很多人好得多。

所以，宋家明的性格上大有缺點，不如喜寶。連喜寶在一開始時也打算只給勗存姿六年青春：

「難道我會跟足勗存姿一輩子？……不，不，等我讀完這六年功課，我一定要脫離他……」（第八十五頁）

因為喜寶預算在六年之後，她有了律師的資格，就可以另創天地了。

而宋家明已經是一個腦科醫生，明明心中不願意，卻還甘於勗存姿女婿的

地位，自然是性格上有缺點了，一直到後來，他還是沒有勇氣面對現實，不知道他自己其實是可以很神氣地獨立的，他在勗聰慧離他而去之後，還一直在勗家的陰影下過日子，直到最後，變成了約瑟兄弟，向宗教中去逃避，仍然沒有獨立生活的勇氣。

宋家明這種近乎懦弱的性格，喜寶自然早已心中雪亮，看得一清二楚。所以，當宋家明向喜寶提議「私奔」之際，喜寶知道他認真，也決不會答應。喜寶不會愛上宋家明這種性格的男人，不會。所以，喜寶不曾愛過宋家明，宋家明太窩囊，窩囊到了使人看不起的程度，甚至還不如勗聰恕，勗聰恕生下來是勗存姿的兒子，無從選擇，而宋家明卻是自己投進去的。

除了勗存姿之外，喜寶對之發生真正感情的一個人，是漢斯馮艾森貝克，一個劍橋大學教授，德國人，學的是物理，一個科學家。

其所以用了「真正的感情」這樣的字句，而沒有用「愛情」這個詞，是因為喜寶和漢斯之間的相處，太短暫了。在短暫的相處之中，喜寶可時時不自覺地愛着漢斯，但至少還未曾表面化。

如果漢斯不是死在槍下，那麼，喜寶一定會逐步愛上漢斯的。這一點，身為喜寶「糖心爹爹」的勗存姿，早已敏感地覺察了出來。勗存姿可以容忍丹尼斯阮，可以容忍喜寶的一切其他行為，但不能容忍漢斯。他是一個精明之極的人，當喜寶責問他的時候，他直截地回答：

「他們不礙事，你不曾愛上他們。」

「……你有，你已經愛上了他，你只是不自覺而已，我認識你遠比你認識自己為多。」（第二一五頁）

喜寶在漢斯的住所之中，感到了前所未有的輕鬆，感到了壓力的消失，可是即使以後事態的發展是喜寶愛上了漢斯，只怕一樣是悲劇，因為漢斯這個日耳曼人，不能深切體會喜寶的心情，不能用同樣的愛去回報喜寶：

「我們兩人的文化背景相距太大，並不易克服，並且我也沒有想到婚姻問題。」（第二〇一頁）

連宋家明也曾認真地要和喜寶「私奔」，可是漢斯這個充滿了典型日耳曼人冷靜自私的性格，面對着喜寶，「沒有想到過婚姻問題」！可是他又力勸喜寶離開勗存姿，真不知安的是甚麼心。

勗存姿非冒大不韙把他置於死地，只怕也有幾分是看穿了這一點，肯定這個人如果再存在下去，喜寶的下場決不會好到哪裏去，所以給喜寶來一個長痛不如短痛！

這種說法，似乎有點像公然為謀殺犯在辯護了，當然沒有這個意思，只不過是從可能性存在的角度，去揣測一下他在殺人前的心態而已。而一定要指出的是，勗存姿的心態，根本上一定和一個屠夫拿着刀去斬他妻子有可能愛的人一樣——人無分貴賤，這方面的心態，倒是大體相同的。

在喜寶的感情生活之中，漢斯只不過是一段回憶起來，較為喜悅的插曲而已，而且由於漢斯死於被謀殺，所以也格外迴腸盪氣。

以喜寶的性格而論，若是勗存姿允許她嫁給漢斯，喜寶反會把勗存姿恨死！

最後，該說一說喜寶和勗存姿之間的感情了。

一開始，兩人之間，純是買賣關係。而且，勗存姿是用極其直接的方法，提出要買喜寶的，那還真令得喜寶吃驚，雖然在這以前，她等於已賣給了韓國泰。勗存姿開門見山：

「我很坦白，毫不諱言地說一句，原諒我，我非常的喜歡你，如果你願意的話，我們作一項交易如何？」（第四十四頁）

勗存姿說這樣的話，當然不是第一次，他說來「極其流利」。可能是因為姜喜寶，他的話還委婉了許多，若是別的女人，像那個後來沉湎賭博的金髮美女，勗存姿多半連話也懶得說，直接把錢扔過去就是了。

喜寶的反應是：

「牽牽嘴角，拉開門……『我替自己悲哀，我看上去像妓女？……最後我或許會把自己賣出來，但不是這麼快。』……轉頭出門。」（第四十五頁）

喜寶拒絕了勗存姿，當然「轉頭出門」之際，她是真正的拒絕。勗存姿的這種直接的方式，令得她的自尊受到了極度的傷害——儘管後來，喜寶接受了勗存姿的出價，勗存姿也以他超人的風度和極度的愛憐在彌補，但是這一次傷害，在喜寶的心中，留下了極深的烙痕，一直不能忘懷。

喜寶在那時，潛意識中，根本沒有想到出賣自己，她和韓國泰之間的關係，雖然明擺着也是買賣的關係，但是這種關係，是循序漸進而來的，在她的心中，她可以自欺欺人地說韓國泰是她的男朋友。

可是勗存姿提出來的，卻是赤裸裸的買賣！

勗存姿的提議，可以說是對喜寶的當頭棒喝，使喜寶在那一刹間，完全看清了自己，再也難以自欺下去，這種情形，實實在在，是令人感到極度的悲哀，就像是本來好好地把自己隱蔽着，但在突然之間，被人在大庭廣眾之間，一下子把所有的衣服全都脱光，必須赤裸面對所有人一樣，不但令人悲傷，也足以令人惱怒得發狂！

喜寶當時的心態，就是如此，所以她除了掉頭而去之外，沒有第二個選擇。她決不能立即答應，在腦筋還沒有完全轉過來之前，勗存姿的提議，在她的心中，還會昇起無比的侮辱之感。

可是，在不到十分鐘之內，喜寶想到了現實。

她要讀書，她要生活。當然，她不要自己怎樣奢華，但至少要照自己最起碼的意願活下去！

在這樣的情形下，她還有可能有別的選擇嗎？有人會說：當然有，她可以自食其力，到工廠去做女工，一樣可以活下去。

是的，她甚至於不必去做女工，她可以：

「回香港來租一個尾房做份女秘書工作，一生一世坐在有異味的公共交通工具裏。」（第四十五頁）

有人會說：不是絕大多數的人，都那樣生活着嗎？

是的，很多很多人都這樣也活着。

但是，這樣生活着的許多許多人，有像喜寶這樣的機會嗎？

這種機會，喜寶也知道是：

「一個墮落的好機會。」（第四十五頁）

在這樣好的一個墮落的機會之前，有多少人會選擇不墮落？單是寫一篇振奮人心、鄙視金錢的小說，再容易不過，認為喜寶不該選擇墮落的人，不要騙自己，自己問問自己，在同樣的情形之下，會選擇甚麼！也不必把答案告訴任何人，自己心裏有數就可以了。

在作出了選擇之後，喜寶對自己的將來處境、目前的地位，十分了解：

「我這個人是他包下來的。」（第九十九頁）

「……吃的是他的飯，住的是他的屋子，穿的是他的衣服。我一定要令他愉快，這是我的職責。」（第一〇一頁）

「從此之後，我是他的喜寶。」（第四十八頁）

在這裏，亦舒對喜寶這個名字發表意見：

「我到此時此刻才發覺這個名字對我來說是多麼恰當，彷彿一生下來就注定要做這種女人。」（第四十八頁）

這恐怕是一個誤解，喜寶是一個十分俗的女孩子名字，也很普通，在江南一帶的農家，女孩子叫這一類名字的極為普遍，倒並不是「這種女人」的名字。「這種女人」的名字，大多數都風雅得很，如冠香、琪官、霞仙、文君……等等（參考《海上花列傳》）。

那時候，喜寶的心意是給他六年時間，並未曾想到後來對勗存姿真有感情上的發展，完全是純買賣，公平交易，兩不相欠。

可是，沒有多久，喜寶就覺得勗存姿是一個無可比擬的男人，除了年紀大這一點之外，他幾乎是一個完美無缺的男人。

喜寶最深切的感覺，亦舒只用了一句話來形容，但是這一句話，卻勝過千言萬語：

「我想起我這廿二年的生命——沒有一件真事。只有勗存姿。」（第

一五三頁）

令得喜寶有了這種感覺時，喜寶對勗存姿，已經有了愛情。雖然在這之前，在勗存姿驚人的物質餽贈之下，喜寶已感到了極度的滿足，她已經感到勗存姿這個男人的極度可愛，但是她還是不承認有愛情，甚至想起了一首歌的歌詞：

「呵，那將是多麼可愛。
某人的頭枕在我膝蓋上，
又溫柔又暖和，
他把我照顧得妥妥當當，
呵，那將是多麼可愛……」

「……歌詞中只說『可愛』，沒有『愛情』。」

「愛情是另外一件事，愛情是太奢華的事。」（第六十六頁）

最後那句話中的「奢華」，並不是指愛情本身，而是指要得到勗存姿的愛情而言。

愛情的本身，一點也不奢華，只要男女雙方互相愛對方即可，世界上每天不知有多少愛情發生，也不知道有多少愛情結束，普通之極。

奢華的是，在極度的滿足感、真實感之下，喜寶對勗存姿有了愛意，但是她絕不敢奢望勗存姿也會愛她，所以她才感到愛情的奢華。

可是，事實上，勗存姿是早已愛上了喜寶的——勗存姿對喜寶的感情，將放在下一節討論，這一節討論的是喜寶的感情，也就是從喜寶的角度出發來討論事態的發展。

勗存姿給予喜寶極度的安全感，不止一次有類似的句子可見：

「我把頭埋在他胸前，那種大量的安全感傳入我心頭。」（第七十六頁）

「我聽不到他心跳動，但是那種無限的安全感流入我胸腔。」（第九十八頁）

勗存姿能給喜寶以極度的安全感，最最主要的原因，自然是由於勗存姿是

世界級的超級豪富，擁有天文數字的財產之故。

喜寶在遇到勗存姿之前，連下一學期的學費都成問題，生活費也成問題。假設她不是遇上了勗存姿，那麼她唯一的辦法，便是繼續和韓國泰或類似韓國泰這種傖俗的人混在一起，她甚至不會有甚麼機會遇上漢斯。

但是在遇見了勗存姿之後，她突然變得甚麼都有了，勗存姿給她一切金錢可以買得到的東西，包括「麻將牌一樣」的鑽戒，在蘇格蘭有七十間房間的堡壘，全電腦控制可以航行全世界的遊艇……

在現代社會中生活的人，若是口口聲聲，在口中鄙視金錢的人，應該被稱之為在說謊。如果真的從心底認為金錢是沒有用的，那麼這個人就根本無法生存下去——請告訴所有人，沒有錢怎過日子吧！

豐厚無比的金錢，給予喜寶極度的安全感，當喜寶靠着勗存姿，感到無比的安全感之際，勗存姿簡直就是金錢的化身。

然而，單只抱住了金錢的化身是沒有用的，更重要的是，金錢的化身，肯把錢花在喜寶的身上，幾乎是天方夜譚式的花，「銀子像水一樣淌出去」。

在這裏，不妨約略討論一下一個十分淺顯、但卻一直有人在夾纏不清的問題：物質的餽贈，是否在男女情愛之中佔有重要的地位？

答案有兩種（幾乎每一個問題，都可以有兩種相反的答案，除非是科學上的問題，二加二一定等於四），一種是純情派：愛情是崇高的，神聖的，不應該受到金錢物質的污染，一副愛情至上的樣子。

另一派，認為豐富的物質，真能使異性傾心，尤其在男性對女性上，一個慷慨豪爽的男性，可以盡自己能力使女性在物質上得到滿足的，總比口口聲聲講心講肺，談情說愛，卻吝嗇得一毛不拔的男性可愛多了！而且，如果一個男人，真愛一個女人的話，又怎會在物質上吝嗇呢？

我的答案，當然是第二個。

若是強調了物質的功能，窮小子豈不是沒有愛情了嗎？這就是夾纏，當然不是如此。豪富有能力送蘇格蘭堡壘，就送蘇格蘭堡壘，窮小子只送得起一朵玫瑰花，就送一朵玫瑰花，在意義上並無分別。

最令人不齒的男人是拼命向女性要求大量的愛，而彷彿只要他也付出大量的愛就可以了，其餘的一概不給予，這種男人，極其可怕，女性千萬要小心則箇！

題外話說完了，再說喜寶。

喜寶在如此豐盛的金錢餽贈之下，早已在感情上成為勗存姿的俘虜——她不斷地在等勗存姿來，在等勗存姿得到她，至少得到她的身體。

可是勗存姿卻一直沒有來。勗存姿當然不是不想來，而是他有他的自卑，他的自卑是他老了，他在一見喜寶時就曾說過：

「我除出錢甚麼也沒有，我已是一個老人……」（第四十四頁）

作為一個被包起來的情婦，男女雙方之間，並沒有接觸到真正的愛情，而只是金錢上的關係之際，喜寶雖然有她自己的學業，可以消耗大量的時間，但是她還是寂寞不堪的。

喜寶是一個有靈性的女人，她才感到寂寞。

現實社會上有大量類似喜寶身份的美麗女性，甚至整日無所事事，如果她們也有靈性的話，自然更應該感到寂寞，但如果她們沒有靈性，那就不會。

喜寶寂寞：

「走路的時候踢石子……」

「靜寂的屋子，只聽見女傭進出時漿熨得筆挺的制服『沙沙』作聲。」

（第九十二頁）

喜寶的個性有她倔強的一面，她不主動要求見勗存姿，但當她見到勗存姿時，她禁不住心頭的高興——請參閱第九十八頁起的一大段情節，在那段情節之中，亦舒把一個自卑的老人，寫得活龍活現。

（其實，勗存姿也不是太老，六十五歲而已。一個如勗存姿這樣的男人，就算到七十五歲，也大可不必這樣自卑的。）

（現實社會中，頗有豪貴不如勗存姿遠甚，又比勗存姿更老的男人，若有半分自知之明，就該自卑甚，但他們幸福，他們一點不自卑。）

喜寶在這樣的情形下過着日子，她作過許多努力，想捕捉勗存姿是不是愛她。可是勗存姿是如此難以捕捉的一個人，連那麼聰明的喜寶，也捕捉不到他的心意。

一直到了勗存姿心臟病發作，躺在醫院中，甚麼人都不想見，只是叫着喜寶的名字之際，喜寶才算是明白了勗存姿真是愛她的！

喜寶在這件事上，已經完全明白勗存姿對他的愛意，可是在勗存姿沒有明明白白表現出來之前，她潛意識中，還是不肯承認——這是勗存姿用太直接的方法要求得到她時留下的創傷發作之故。

亦舒在這裏，使用了旁敲側擊法，兩番借宋家明的口來說明喜寶和勗存姿之間的愛情：

「真想不到，勗老先生愛上了你，而你也愛上了他。」（第一四六頁）

「如果一個人瀕死時想見的是你，那麼他是愛你的。」（第一五二頁）

這自然是小說寫作法中的一種變化，其實，喜寶自己心中豈有不明白之理，連宋家明這種人都明白了，喜寶這種水晶心肝琉璃人兒，豈有不明白的？兩個人，明明已經可以擺脫純金錢的關係了，互相都知道自己愛着對方，對方也愛着自己了，應該可以沒有矛盾衝突了吧？

然而並不，兩個人的性格，現實狀況，還是使他們之間存在着衝突。

（自然，這些衝突，只是亦舒製造出來的。）

（所有小說中，任何人物，任何衝突，都是小說家製造出來的。）

（小說的好與壞，分別也在這裏。好小說中的衝突，是根據一樁樁情節，小說中人物性格，自然而然，合情合理的演變而來的。壞小說則只是故意製造衝突。）

（從下面所舉的一個例子之中，當可以肯定亦舒所寫的小說是好小說。）

喜寶和勗存姿之間的衝突，他們兩人所爭的，看來是十分虛無飄渺的，但是對一個人的一生來說，又極其重要的一點：自尊。

喜寶要她的自尊。

勗存姿要他的自尊。

兩人為了爭持這一點的對話如下：

「也不止是物質，情感上我還是依靠你的。你為甚麼不能愛我？」

「我在等你先愛我。」

「不，你先愛我。」

「為甚麼，有甚麼道理我要那麼做？你為甚麼不能先愛我？」（第一九七頁）

這一段對白，如果割開來看，一點道理也沒有。但是讀者看《喜寶》，從頭看下來，看到這裏，看了這一段對白之際，實在是感慨萬千！

誰先愛誰，有甚麼重要呢？

但真的是重要之極，對喜寶和勗存姿兩人來說，都重要之極。

先說喜寶。或曰：一個因為金錢而出賣自己的女人，有甚麼自尊可言呢？

何必爭持着誰先愛誰呢？是的，一個因為金錢而出賣自己的女人，是沒有自尊可言的。喜寶在出賣自己之際，並沒有要求自尊，她可以忍受侮辱，甚至掌摑。喜寶很明白自己的地位，出賣的時候，她不要求甚麼自尊，只是買賣。

但這時，她和勗存姿討論的，不是買賣，而是愛情。在討論的是愛情時，她就有自尊。更由於她曾出賣過自己，所以自尊對她來說，更加重要。她一定堅持，要勗存姿先愛她——應該是先強烈、明顯、由衷地表示愛她，惟有如此，才能洗刷過去的行動所造成的侮辱，才能使過去心靈上所受的創傷痊愈。喜寶的堅持和要求，從她的角度出發，是全然合理的。

然而，從勗存姿的角度來看呢？

勗存姿也要維持他的自尊，勗存姿問：

「為甚麼？有甚麼道理我要那麼做？」的意思，其實再也明白不過，他覺得自己已經做得夠多了，是到了喜寶應該有所表示的時候了。

在他的角度看來，喜寶在這樣的情形下，仍然不肯「先愛他」，是由於喜寶在嫌他老，而老，這正是勗存姿完美的人生之中，唯一不能用金錢挽回補救的現象（呵呵，蒼天畢竟也有一件事是公平的）。

老，使勗存姿在喜寶面前，有極度的自卑，他甚至不敢在喜寶的面前脫衣服，因為衰老了的肉體，是十分醜陋的、絕無法和喜寶青春美麗的胴體相比，他以為自己已經付出了很多，至少可以在喜寶的心目之中，把他「老」的這一項無法補救的缺點，降低到了不足道的地步，那麼，喜寶就應該先愛他了。喜寶一日不肯表示先愛他，他自然仍然可以佔有喜寶，但只是佔有她的身體，而不是佔有她的心。

勗存姿認為他已盡了努力，應該有結果了，沒有結果，對他自尊，是一個極度的傷害。

勗存姿的想法和要求，也是合理的。

兩個人都合理？當然是，要不是兩個人都合理，就不會有衝突了。

勗存姿後來發展到了因妬忌而殺人，伏線也就是在這一段對話之中。

到後來，由於勗存姿的健康情形迅速惡化，他和喜寶之間，沒有再爭持過誰先愛誰的問題，兩個人都是聰明人，明知道再爭下去，也不會有結果，何必再爭？只要在事實上，兩人相愛着就是了。

最值得注意的是，兩人之間在後來的另一段對話，見於原著第二七五頁，從勗存姿說：「喜寶，如果你要走，你可以走」開始，到第二七九頁為止，原文太長，不引用了，可以自行翻書去參考。

在這一段兩人最後的對話之中，幾乎未曾提及一個愛字，沒有將死的勗存姿撫着喜寶的頭髮，說「我愛你」的場面；也沒有喜寶撲進勗存姿的懷中，流着淚說「我愛你」的鏡頭。兩個人，竟然堅持到底，合乎他們一貫發展下來的個性。

可是，在這一大段看來是淡淡的對話之中，卻包含了兩人之間深切無比的愛情。

亦舒寫這一大段對話，看來全是淡淡的「閒話」，但實際上，都是情深到了濃得不能再濃的情話。像燦爛之極，返璞歸真一樣，男女之間的情意，到了真正濃時，誰還要一句人人都會説的「我愛你」呢？

在這一大段對話之中，喜寶和勗存姿，都已經由於關切對方，而到了忘我的地步，這才是情愛的最高境界，適合他們的身份，適合他們的性格，只有好小說中，才會見到這種寫法，若是兩人忽然抱頭痛哭，互相大叫「我愛你」，那真是滑稽不堪之至了。

亦舒甚至安排勗存姿死的時候，喜寶並不在場——喜寶出去一次，回來時勗存姿已經死了。當然，這種安排，也是為了避免「抱頭痛哭」式場面的出現。

當喜寶向勗太太報告勗存姿的死訊之時，她只是「木然」，然後，在昏過去又醒回來之後，也只是「眼淚默默流出來」。

哭是一定要哭的，但決不會搶天呼地號哭，那留給別的女人去做，喜寶是喜寶，喜寶是不作興那樣子的。

勗存姿死後，喜寶會怎樣呢？

亦舒最後寫：

「勗存姿的故事是完了，但姜喜寶的故事可長着呢。」（第三二六頁）

姜喜寶以後還可能有甚麼故事呢？只怕全部故事的內容，「寂寞」兩字就可以概括了。

有一句被用濫了的話，用在這裏，還是十分合適的：「曾經滄海難為水，除卻巫山不是雲！」

在經過了像勗存姿這樣的男人，如此的寵愛、呵護之後，姜喜寶可以說已經見過了世上最出色的男人，還有甚麼樣的男人可以佔有她的心靈呢？

不會有了，喜寶自己也知道不會再有了，所以她只好：「大口大口的喝着酒。」她這樣做，是因為「去日苦多」，她才二十六歲，以後悠悠歲月，如何排遣？讀者彷彿見到了一個極美極美的女人，在大量的金錢、大量的仰慕者的包圍之下，一切全是那麼熱鬧繁華，美女也照樣高聲縱笑，但是在美女的眼

中，卻透露着她心中那種極度的寂寞！

再也無法補償的寂寞，勗存姿的經歷，似乎又循環到她的身上來了。

（四）勗存姿這個人

是的，應該說說勗存姿這個人了。

在說喜寶的時候，無可避免地，已經提及了很多有關這個人的事，但當然是不足夠的。

（「勗」這個字，國語音「序」，或「旭」。粵語如何讀法不詳。亦舒把它拼成「YUNG」，見第一四三頁，不知有何根據？勗的正寫是「勖」，也未見有姓這個姓的資料。當然，小說中的人，姓一個實際上並不存在的姓，是全然無關緊要的事。）

勗存姿是一個極可怕的人。

勗存姿這個人的可怕程度，已經到了很難用人類的語言文字形容的地步。他是一個豪富，他是如何成為豪富的，《喜寶》中不寫一字，但是可以肯定，在成為豪富的過程之中，他不擇手段，至於極點。而且，他一直不因自己的行為而後悔，認為理應如此。

（這種性格，是現實社會上許許多多成功人士的性格。這種性格，也是歷史上許許多多成功人士的性格。）

直到臨死之前，他還是不後悔，只是埋怨：

「我知道是非到頭總有報，但是為甚麼要報在我子女頭上？」（第三〇六頁）

他不是一個怕報應的人，這種性格的人，絕不會怕報應。報應在他自己身上，他不會怎樣，報在他子女身上，使他覺得不公平。

這種性格的人，對「公平」一詞的解釋，是另有一套的，和別人不同。

像勗存姿這樣的人，最好不要成為他們的敵人。而且，即使你不是他們的

敵人，只要他們認為你是他們前進路上的一塊絆腳石，你也不能幸免。

為了得到喜寶的身和心，勗存姿殺了兩個人。他殺漢斯，是因為漢斯已成了他的敵人，而且不知死活到了不聽警告的地步。

在勗存姿的觀點上而言，漢斯全然有取死之道，所以他要親手殺死他，漢斯在臨死之前，才知道大難臨頭，拼命逃，在漢斯的奔逃之中，勗存姿自然感到了無窮的快意。他是強者，他的法則，是森林法則——一隻老虎咬死了一隻鹿，這種行為，在森林法則之中，是天公地道的事，全然不存在甚麼道德上的問題。

勗存姿也殺死了喜寶的母親，好好地嫁到了澳洲去的姜詠麗。

姜詠麗這個人，也很有可供發揮談論之處，但在書中，這個人並不重要，只好略述——真要談的話，連那個澳洲人，都是好男人。

《喜寶》全書之中，最撲朔迷離，全用暗筆來寫的，是姜詠麗死在澳洲，從一座高樓上「跳」下來「自殺」的那一段。

這一段，寫得十分晦澀。但晦澀管晦澀，卻並不難明。讀者看到後來，便自恍然。

雖然直到後來，亦舒仍未作任何解釋，一切都處在迷霧之中，懸疑性極高，甚至，聰明如喜寶，也只是依稀想到了事實的真相而已，在她目睹了勗存姿親手幹掉了漢斯之後，她感到了極度的震盪：

「讓我回去，讓我回去，我媽媽在等我，我媽媽在等我！」

這時，勗存姿出現了：

「你的母親早已跳樓身亡，你無處可去！」

就在那一刹間，喜寶明白了，於是她直叫：

「你殺死她，你令我無家可歸，你——」

勗存姿則以一個耳光結束了喜寶的叫喊。（第二一八頁）

姜詠麗的死，一直是個疑團；直到這時，喜寶才依稀想到有此可能，可是自此之後，喜寶都再也未曾提及過這件事，一個字也不曾提及。

喜寶想到了母親是怎麼死的一個可能，可是她不願承認、不敢肯定，所以也就不想提，她只是把這件事，深深埋於心底。

而讀者，是明白了，而且承認了，肯定了的。勗存姿這種不擇手段的人，甚麼事做不出來。他不但可怕在不擇手段，而且可怕在深謀遠慮，日後會發生的事情，全在他的估計之內，他早已料到，他和喜寶總會有一次巨大的衝突，而這個衝突會導致喜寶要離他而去。所以，他就在事先，把喜寶每一個可以退步的去路全都截斷，令得喜寶不論在怎麼樣的情形下，都無處可去，只好留在他的身邊，至少，留在他的勢力範圍之內。

可怕吧！就為了這樣，他就可以去殺人，雖然不是他親自下手。

勗存姿是一個可怕的人，可怕之極。

然而，勗存姿也是一個可愛的人，可愛之極。

一個人又可怕又可愛，那自然可以絕不矛盾，要點是：看他要對待的是甚麼人。

勗存姿對自己的兒女，甚至也說不上怎麼好，除了可以供給兒女大量金錢之外，他甚至只是一個好父親。勗聰恕的發瘋，自然是勗存姿巨大陰影自小就籠罩在他身上的結果。

喜寶一下子就看穿了這個以勗存姿為家長的家庭的真實情形：

「……表面上看彷彿很美滿，其實誰也不知誰在做甚麼，蒼白而隔膜，自己一家在演着一台戲，自己一家人又權充觀眾……」（第六十頁）

但是，看看他對喜寶的情形：喜寶是他真正愛的女人，看看他對自己愛的女人，是如何的可愛：

他和喜寶，在「交易」有了協議之後，最難得的是大方。很少有錢的老人，會有這樣的風度，大多數，絕大多數有錢老頭子，都是在花了少量代價，買了一個年輕女人之後，恨不得用一條貞操帶把買來的女人鎖起來的。

而勗存姿絕不，他雖然在暗中，用最嚴密的方法，調查喜寶的一切，但是卻絕不干涉。

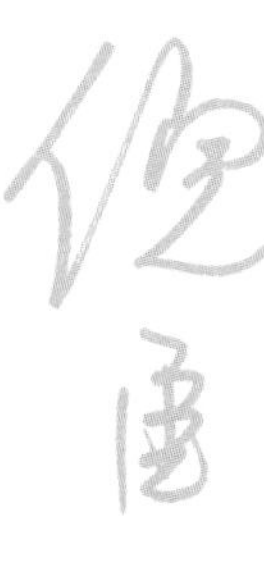

他甚至於不是亟亟於得到喜寶的肉體，這種大方，或者是一種造作，但也要做得出來才好。而一般的有錢老頭子，在年輕女人身上，不知想怎樣得回代價的情形，真還是惡形惡狀的。

他在金錢物質上的大方，當然更是可愛得近乎天方夜談，常常明見的事實是：生一個女兒給多少家用，生一個兒子給多少家用。傖俗得令人可以因之節食減肥。

他幾乎把一切，全都毫無保留地交給一個他一開始是用錢買來的女人。

或問：勗存姿為甚麼會這樣子呢？

流行的答案是：勗存姿老了，一個有錢的老人，會用金錢去購買年輕女人，在年輕女人的胴體上，有錢老人可以有回復青春的幻覺。

這種說法，自有它心理學上的根據，但是並不適用於勗存姿。勗存姿甚至沒有刻意要求過喜寶向他奉獻肉體，僅有的「一次」，還是在喜寶的「引誘」之下發生的。那證明勗存姿並不是想藉年輕女性的胴體，使他產生自己也還年輕的幻覺。

這一點，連喜寶在開始時都不明白，而以為他：

「……他不能……去看脫衣舞，或是包下台灣歌女，他又想找個情婦以娛晚年……」（第六十頁）

不是，不是，當然不是，喜寶在這一點上，也想錯了。如果單是「找個情婦以娛晚年」，何必找喜寶，「包下台灣歌女」好得多矣。

那麼，究竟是為甚麼呢？

很奇怪，答案其實明明白白放在那裏，而且極簡單，一點也不複雜，可是卻偏偏視而不見，要去東找西找。答案就是：勗存姿愛喜寶，他一見喜寶，就愛上了她，是一個一見鍾情式的愛情。

勗存姿的一生之中，自然有過無數女人，但是卻肯定未有一個，是可以令他產生那麼強烈的愛情之感的。他總不會去愛歐陽秀麗，也不會去愛金髮美女。一個人一生之中，別看他照樣結婚生子，事業成功，女朋友以噸計，但極可能他一生之中，未曾真正愛一個人，或，一生之中，未曾遇到過一個異性，會令得他在一剎那之間，感到愛情的存在，而不顧一切地去愛她。

勗存姿遇到了姜喜寶，愛情就在相遇的那一剎間發生，就是那麼簡單。

其所以使人有迷惑之處的原因是：勗存姿六十五歲，姜喜寶二十一歲。如此而已。

但，一個六十五歲的人為甚麼不能對一個二十一歲的人一見鍾情，決定用自己以後的生命去愛她呢？為甚麼愛情一定要年齡相若？

像姜喜寶這樣的女人，勗存姿以前從來也未曾遇到過，當他感到自己一遇上她，就愛上她之際，他追求的是愛情，不是甚麼藉年輕女人而使自己年輕的幻象。

人人有權在愛情的火花引發之下，導致愛情洪流的大爆發，二十五歲的人有這權，三十五歲的有，六十五歲的有，七十五歲的也有。

俗不可耐的觀念稱之為「畸戀」，真正滑稽，只要是戀愛，有甚麼畸形和正常之分？只有是愛情或不是愛情，沒有畸、正、對、錯之分，這一點必須肯定。

或者說，勗存姿愛喜寶，他用來表示愛的方式，不是很對勁。是的，是不很對勁。然而要他怎麼做呢？每天送一打玫瑰花，寫情書，花前月下的約會？勗存姿當然不會「循序漸進」地做這種事，他已經是一個老人了，時日無多，為了達到目的，他有他自己一套方式，這套方法，在以前，可能是無往而不利。他相信用自己的方法，可以達到目的。

所以，他用自己的方法。他承認：

「我急於要得到你。」（第四十五頁）

遇上一個可以使人想到真正要去愛的女人，不是一件容易的事，「急於要得到」，是想也得到對方的愛，在這一點上，勗存姿並沒有甚麼不對。

他給了自己所愛的女人一切，包括了他的愛。他的目的，在他的一句話中，表露無遺：「我倒並不是那麼顛倒於你的肉體……女人們的身體容易得

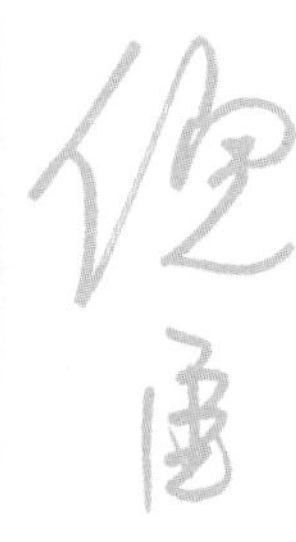

到，我希望將來你或許可以愛我一點點……」（第一四一頁）

這就是他所要的！

而且毫無疑問，這是勗存姿在一開始的時候就要的。女人的身體，對他來說，並不是那麼重要，他唾手可得。

要女人愛他，那也容易得很，有很多女人會全心全意愛他，豈止「一點點」而已。

但是，要一個他愛的女人愛他，那就難得多了，難，是難在他找不到他愛的女人，一旦遇到了，自然不擇手段，不肯放過——這是他勗存姿行事的一貫作風，前面已經提到過了。

正因為喜寶是他所愛的女人，所以他對喜寶的好，好到了連喜寶也感到詫異：

「他真懂得給我面子。我這個人是他包下來的，然而他說得好像他尚欠我人情。」（第九十九頁）

沒有愛情，單是花錢包下女人來的傖俗老人，能做到這一點嗎？對他所愛的女人而言，世上不可能有比他更可愛的男人。

別以為他在知道喜寶和丹尼斯阮混在一起時他不痛苦，他為所愛的女人忍受痛苦——自然，任何人的忍受是有限度的，到了漢斯，就超過他容忍的極限了。

而他容忍的尺度是如此之寬，簡直超越了男人所能做到的地步。作為買賣來說，這大約是他一生之中最笨的交易！付出如此之多，而所得如此之少，若不是為了他對喜寶真有愛情，他才不會去做這種「傻事」——在任何人看來，他都愚不可及，但是他自己知道他要的是甚麼。

一個男人懂得這一點時，他必然是可愛的男人。

勗存姿，毫無疑問是！

（五）其他人等

歐陽秀麗「飾演」勗存姿妻子的角色，十分稱職，一切全照「劇本」，絕無爆肚。

喜寶的父親是人渣，天下至賤的男人，當他在地上拾起鈔票，一張也不剩之際，他不如腳底下的泥。

勗聰憩，一個生活得很典型的女人，就算她不患乳癌，她的生活也不過是她母親的翻版——也許可以比她母親現代一點。要記得，她不是死於乳癌，而是死於自殺的。她求死的原因，據她的丈夫方家凱透露，是由於方家凱在外有了一個女人。

方家凱這個人，在《喜寶》中，除了他是勗家的女婿之外，幾乎不起任何作用。可是這個不重要的人，卻講了一番極其動人的話，訴說他自己的心聲，為他的行動作辯護。這段話說得極深刻。

（書中任何人物的話，就是作者亦舒的話，是亦舒對這種人物的觀察、體驗、想像之後，用這種人物的口說出來的。）

（這一段話，證明亦舒對各色人等的心理狀態，都有深刻的了解——這是成為一個成功小說家的根本條件。）

（有一批人，主張小說家要「體驗生活」，這是一種十分滑稽的主張。小說家不必去體驗生活，但是必須對各階層、各種生活面的人的心態有認識，有了解，在認識和了解的基礎上去想像，去發揮。）

（小說是以想像為主的，若是靠生活體驗，小說家生也有涯，如何去過盡所有各色人等的生活？）

（小說家的想像，當然也不是憑空想像，而是依靠豐富的常識去了解各色人等的心理狀態。）

由方家凱的那段話，忽然又講了許多小說寫作之道，而那段話呢？那段話，見《喜寶》一書，第二六七至二六九頁，相當長，不引用了。

（這裏，引用原著，有兩個原則：非必要不引用，必要引用時，以不超過一百字為準，以免招大量抄書，以充篇幅之譏。而且假設看這本書的人，都是讀過亦舒小說的，那自然手頭有書，翻閱一下，容易之至。而且，寫作人都喜歡寫，而不喜歡抄，抄起來十分乏味，寫起來愉快得多了。）

方家凱可以說是一個很平凡的人，但是再平凡的人，也有他的心態，也有他的想法，方家凱的那番話，深刻而無奈，是一個平凡人物的悲哀。

勗聰慧在書中作用也不大，但由她引出喜寶，引出整個故事來。這位豪富小姐，其實是十分可愛的。她因為覺得學生應該樸素，所以以她豪富千金的身份，而去乘搭長途飛機的經濟艙，而且在飛機上讀徐志摩的詩集。

從她開始的想法：

「……覺得做學生應該有那樣樸素便那麼樸素……」（第八十九頁）

一直到她拋棄了豪富的生活，跑到中國大陸去教書，看來是太戲劇化了些，但倒也是早有伏筆的。在有關勗聰慧的情節上，講不過去的，倒是她進入了中國大陸之後，除了寫過一封「簡體字」的信出來之後，便音訊全無，勗存姿用盡了方法，也找不到她。

這非常之「與事實不符」，以勗存姿的財力，只要略一接頭，就算勗聰慧是在新疆中部一個叫四十里井子的小地方，也一樣可以把她找出來的。

勗聰慧的選擇，是她自己的選擇，盼只盼她不要在甚麼運動中被揪出來鬥爭，只好祝她一直感到她自己的選擇是正確的，因為她實在是一個可愛的女孩子，雖然她曾罵過喜寶——在當時的情形下，她不罵反倒是奇事了。

宋家明，亦舒小說中有很多人叫家明，也有不少家明，都是姓宋的。為了分別，只好在姓名之上，再加上一個稱呼，例如這個宋家明，就可以稱之為《喜寶》宋家明。

《喜寶》宋家明是一個腦科醫生，可是只知道跟着勗存姿團團轉，連勗聰慧走了之後，仍無法擺脱勗存姿的陰影，勗存姿殺了人，他來不及把事情拉在自己身上以討好：

「不，勗先生，是我誤殺了他，獵槍不幸失火。」（第二一三頁）

（「獵槍失火」應該是「獵槍走火」。）

宋家明在性格上有嚴重的缺點，這種性格的人，無論如何去討好像勗存姿這樣的人，都不會成功，且會起反效果。當然，不論他如何努力向喜寶這樣的女人表示愛意，結果也是沒有用的。

勗存姿和喜寶才是一對，兩人都有強者的性格，而宋家明卻是一個典型的弱者，他是那種表面上看來是強者，甚至在他自己心中，也以為自己是強者的弱者，這種弱者最可憐。所以到頭來，他只好去做「約瑟兄弟」，在宗教之中，去尋求慰藉。

像宋家明這種弱者，比勗聰恕這種弱者更不如。

勗聰恕自然是弱者，他自己心中，也知道自己是弱者，躲在精神病院之中，對他來說，比過正常生活快樂得多，因為他潛意識深處，根本不想過他一生下來就安排好了他要過的生活，勗聰慧可以逃到中國大陸去，宋家明逃進宗教去，他只好逃進瘋人院。

亦舒在小說情節上，安排喜寶用盡了方法想使他復原，這樣的情節十分好。而勗聰恕居然復原了，這未免過於喜劇化了些。或許，亦舒覺得勗存姿死了之後，他就可以過自己的生活了？勗聰恕是不是有能力過自己的生活，其實很成問題，只好拜託他那位會生孩子的妻子多照顧他一點。然而愛情不是照顧病人，勗聰恕對喜寶的愛，誰都知道沒有希望了，他自己未必肯承認。而且除了喜寶之外，以他的年輕，難道不會又遇上一個他愛的女人嗎？那時候怎麼辦？讓他一直在神經病院中，還是讓周姓護士一直照顧他，對他，對任何人來說，都好得多，因為他是一個弱者，弱者是需要特別處理的。

（六）結語

有關《喜寶》，要說的，都已說得差不多了。

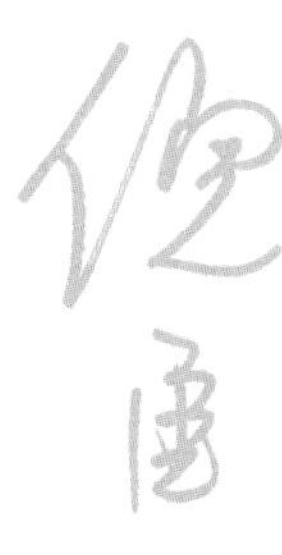

《喜寶》可以説是一部寫實的小説，因為在《喜寶》中出現的每一個人，都可以在現實社會中找到他們的影子。

《喜寶》自然也是一部愛情小説，主要是勗存姿和喜寶之間的愛情。只要是愛情，都是正常的，沒有道理可講的。喜寶曾認為勗存姿不可能去包下一個台灣歌女，但就算勗存姿包下了台灣歌女，並且愛上了台灣歌女，也一樣是正常的。

（亦舒的另一篇小説《香雪海》，就寫了一個愛上台灣歌女的故事。有道理可講麼？任何局外人看來，都覺得沒有道理。但何必要局外人覺得有理？只要在相愛着的兩個人覺得是在愛着就好了。）

要在愛情的領域中講道理，比在大海撈針還要滑稽——在大海撈針，至少針是存在的，而愛情領域之中，根本就不存在道理！

或曰：像《喜寶》這樣的小説，不是教壞人嗎？主題多麼壞：年輕美貌的女孩子，如果都照喜寶那樣去出賣自己，取得金錢，那還成世界嗎？

這種滑稽的問題，一定會有人問的，而且問的人，還一定詞正言嚴，一臉孔全是道德，如今世界根本是這樣，這類人視若無睹。

既然肯定會有這種問題，不管問題滑稽與否，自然也要回答一番。回答的目的，其實不是要回答這類滑稽問題，而是可以藉此說明一些有關對小說的認識問題。

首先，小說只是小說，完全不負教好人或教壞人的責任，小說的主題是好是壞，對一篇小說是好是壞，全然無關，小說甚至於可以根本沒有主題，一樣是好小說。小說一定要教人怎樣怎樣做一個「好人」，自然也可以是一篇好小說，但雖然不提及這一點，只是寫一篇小說，也一樣可以成為一篇好小說。

教育人做「好人」（傳統道德規範中的人，例如守節的小寡婦等等），那應該是教育家的責任，不是小說家的責任。小說家的責任只是寫好小說，不是去教育人。呵呵，在這裏，有很有趣的一點：如果人性真是那麼真善美，還要教育家不斷去進行教育幹嗎？而如果人性本來就是醜惡卑鄙的，小說家不過反映了這種醜惡卑鄙，怎會教壞人？

這種道理，其實是再淺顯不過的，不過長久以來，一直有人在夾纏不清，硬要把小說納入教科書的範圍，使每一本小說都可以給擔任訓導主任的人拿出來引用一番。有幸，成功的小說家都不吃這一套，而不幸被這一套所誤的，寫作技巧再高，也大打折扣，弄得作品只好擱諸廟堂，而與廣大的群眾無緣。

問題其實還可以直接一點！別講理論了！是不是每一個女人都要出賣自己呢？

出不出賣自己，純由自己決定，而決定的主要因素，看來還是決定於價錢，《喜寶》寫了一個由於價錢適合而出賣自己的女人，會有甚麼「壞」影響呢？當然不會有。

第一，一個女人縱使要出賣自己，還得有人買才行，不是每一個女人都有買主的。

第二，呵呵，如今社會上，年輕美貌的女孩子，等候在適當的價錢下出賣自己，難道還用甚麼人來教嗎？甚至傳統的道德，也已受到了她們行動的大力衝擊，社會的道德觀念也因之而改變：鄙視之餘，欣羨之情，很能令道學夫子用頭去撞牆的。

《喜寶》就是寫社會上常見的現象，只不過喜寶的運氣特別好，碰到了一個那麼好，在現實生活中幾乎不可能存在的好買主而已。

這種好買主，喜寶當然不肯放過。

完全是公平交易。

就算每一個女人都學喜寶，看來也沒有甚麼，因為事實早已是如此的了。

亦舒通過《喜寶》，寫出了現代社會中一種十分普遍的男女關係，她還是把這種關係極度美化了的。買主和出賣者之間，終究有了感情，而且買主是如此豪爽，如此懂得尊敬一個出賣自己的女人，如此希望真正獲得這個女人的感情。

這一切，在現實生活中的買主，全是萬萬無法企及的，縱使如此，出賣自己的女人還是要出賣自己，誰能遇上勗存姿呢？遇到的，和勗存姿相比，簡直全是腳底下的泥！

《喜寶》的故事，用現代社會的觀點來看，一點也不悲慘，是一個美麗的童話；用傳統道德的觀念來看，會覺得敗壞和不當——現代人為甚麼一定要遵循傳統的道德觀呢？當然不必。

和《灰姑娘》一樣，《喜寶》其實是一篇美麗的童話，一個年輕美麗的女孩子的夢幻到的美麗遭遇，一下子達到了不知多少人窮一生之努力而達不到的目的，一下子就得到了人人想要而窮一生之努力，可能連看都看不到的一切。而她所失去的，只不過是每個女人都要失去的。

《灰姑娘》或許使人覺得比較純潔一些，這就是古代童話和現代童話的不同處，《喜寶》中的喜寶，自始至終，都不覺得自己有甚麼不對，這是現代女性的氣概。

古代的，或仿古代的窮書生和美女之間的生死不渝的真摯愛情，只是窮書生自己的幻想，不是現代女性的幻想，現代女性自然也不是人人都熱衷於出賣自己——《玫瑰的故事》之中的方太初就不是，但方太初另有她的世界，後面自然會論及。

《喜寶》寫了這樣的一個女人，寫得直率痛快，寫出了現代社會中，幾乎每天都在發生的一些事——雖然太美化，太理想得像童話，但仍然是一篇極佳的小說！

《喜寶》也可以寫一個悲慘的結局，出賣了自己的喜寶，終於沒有好結果，最後幡然悔悟，脫離了金錢的控制，到荒山去墾荒……等等。

或許這樣，會符合「道德規範」，可是，那是個滑稽的神話，完全沒有了現實意義。而且，這樣寫，就真能教育了甚麼人嗎？當然不能，除了只使人感到滑稽之外，不會有其他。

在人的心靈中，任何影響力再大的文學作品，怎敵得過金錢的力量？各種形式的「唐吉訶德」者硬是不信，自然是有權去挑戰一番的。

在亦舒的小說中，《喜寶》是十分特出的一部，驚人的寫實和極度的浪漫相結合，把強和弱的性格對比，寫得清楚玲瓏，對比分明。

我喜歡把亦舒小說排列一下，以定名次，結果是《喜寶》在亦舒小說之中，名列第二。

《蠍子號》

（一）《蠍子號》這篇小說

《蠍子號》是一篇科學幻想小說。（編者按：《蠍子號》這篇小說收錄在亦舒小說集《珍珠》一書裏。）

科學幻想小說是小說的一種，或者說，和其他的小說一樣，是小說。所以，科幻小說可以用很多不同的方式來寫，《蠍子號》的寫作方式相當特別，集中在電腦和人的愛情方面。

蠍子號是一個機械人，機械人是依靠電腦來指揮它的一切行動的，所以，機械人和人之間的戀愛，實在就是電腦和人之間的戀愛。

亦舒在《蠍子號》中，把人腦和電腦等同起來，電腦不再只是依靠輸入的資料活動的機械，而能根據輸入的資料，自行組織之後，產生新的資料——這一點，正是人腦的功能。

人出生的時候，腦際也是一片空白的，在生活之中接觸到的一切，都成為資料，進入腦際，到資料積存到了一定數量之後，人腦的功能就不是把進入腦際的資料覆述出來那麼簡單，人腦會把資料經過整理，而演變為原來資料所沒有的新資料。這種過程，聽起來好像很複雜，其實也很簡單，那就是：人腦會產生新的思想。

把電腦和人腦等同起來的設想，曾被許多科幻小說作者利用過，在設想之中，這種情形是必然會發生的：當電腦積聚的知識夠豐富之後，就會產生自己的新思想。

而人類越來越依賴電腦的結果，可以使人類淪落為電腦的奴隸。人類不能沒有電腦而生存，已經不是科幻小說中的情節，而已經是現實生活了。

任何人只要閉起眼睛來想一想：如果現在，忽然之間沒有了電腦，會怎麼樣？幾乎有一大半的工業行動和商業行動要停頓，銀行業務停頓了，工廠生產停頓了，簡直已是一半的癱瘓，多麼可怕，是不是？

而這種可怕的情形，是全然在不知不覺之中，悄然而來的，人類到如今，已經發現這個危機了，但是已經陷得太深，難以自拔了，只好再繼續陷下去，越陷越深。

而且，再繼續陷下去，陷到更危險的境地，所需的時間，絕對比想像的要來得短。

這絕不是危言聳聽，試想想，四十年，或五十年之前，有沒有電腦，有甚麼關係呢？人類可以沒有電腦而生活。而只不過短短的半個世紀，人類的生活，已經完全不能缺少電腦。在現在這種情形下，勉強還可以說是人在控制着電腦，但以後呢？再四分之一世紀之後，或是再二分之一世紀以後，又怎麼樣？

而且，就算以目前的狀況而論，人類既然已經不能離開電腦而生活，勉強說成人在控制電腦，想起來也是很滑稽的事情。

科幻小說家在用電腦作為題材寫小說的時候，通常來說，觀點都是相當悲觀的。但《蠍子號》卻不同，觀點十分樂觀。

亦舒首先賦予一副電腦以人的外形——一個東方少女，美麗而溫柔的外表，是它的創造者博士根據他一度戀愛過的對象而製造的。

有趣的是，博士在製造的過程中，是不是曾刻意的，或不注意地把自己的感情注入了電腦或是影響了電腦的活動，所以造成蠍子號後來極端人性化的發展？

這一點當然無可查考了。

亦舒不但給電腦以一個人形的身體，而且，使電腦逐步人性化，這是整個《蠍子號》故事的一條主線，所以《蠍子號》也可以說，是一具電腦逐步人性化的過程。

（二）人性化的過程

亦舒用了相當細膩的表達方法，來寫蠍子號人性化的過程，大都以行動來表示，而沒有枯燥的說教。

當蠍子號才被製造出來之際，性能超卓，它是看不起人類的，對於自己只有三千小時的「壽命」，也無動於衷，十分瀟灑，十足機械化：

「你為甚麼替我可惜？在時間無邊無涯的荒漠中，三千小時與三萬小時是沒有分別的。」（第一六八頁）

亦舒的造句，有時相當特別：「在時間無邊無涯的荒漠中」，這樣的句子，如果出現在中學生的作文簿子上，很可能就被改成了「在無邊無涯的時間中」，會把「荒漠」兩字刪去。因為荒漠再大，大不過地球去，畢竟還是有邊

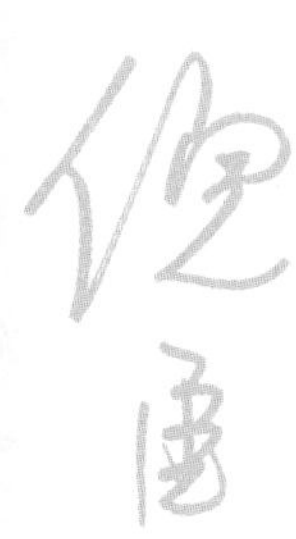

有涯的。尤其，當和時間相比較時，更是界限小得微不足道。）

（但是亦舒用了這樣的句子，因為她懂得，小說中的每一句句子，都要盡可能給予讀者以感染力。「時間」是虛的，究竟如何無邊無涯，只是一個空虛的印象，力量不夠；而「荒漠」是實際存在的，荒漠的無邊無涯，在每一個成年人的印象之中，都十分深刻，是一種實實在在的感覺。於是，亦舒就把兩者結合在一起：「在時間無邊無涯的荒漠中」，多麼形象化，具體化，自然也增加了感染力和震撼力。）

（有一個可能十分有趣的現象是：在這裏，就一句句子分析半天，亦舒在寫出這句句子的時候，可能連考慮都未曾考慮過，就寫下來了。這，並不妨礙他人分析她小說中的句子，小說家若是在寫小說的時候，每一句句子都要逐字推敲，那真好去死了。唯其隨隨便便，自然而然寫下來的句子，卻可以使別人拿出來評析的，才是寫作功力的表示。）

一開始，蠍子號是一個十足的電腦，然後，她開始讀書，第一本書是《米開蘭基羅的雕塑》，蠍子號認為，「這是一本很趣味的書」。

不知道亦舒讓蠍子號接觸的第一本書是《米開蘭基羅的雕塑》，是刻意的選擇還是信手拈來的？不論怎樣，這都是一個極佳的安排。

誰都知道米開蘭基羅是一位大藝術家，古今中外藝術評論家，對他的評價極高。他雕塑的人像，不論是甚麼質地，和蠍子號頗有相同之處：有人的外形，但是沒有生命。可是，沒有生命的雕像，米開蘭基羅的藝術處理之下，卻又處處透出生命的光輝來。「大衛像」是公認的堅強毅力和雄偉氣魄的象徵。他晚年的雕塑作品，為美第奇陵墓所作的雕像，題名為「晨」、「暮」、「晝」、「夜」的四組，所表現的人物心情矛盾、激動、冷靜而沉鬱，幾乎概括了人類所有可以有的性格。沒有人認為他的雕像是沒有生命的，他用藝術把他自己對人類的觀察所得，使得他的雕塑有生命。

當然，這種生命，只是藝術上的生命，但是在蠍子號看來，卻可以使它感到，生命的意義是多麼遼闊，生命甚至充滿在石頭或青銅之中，只不過因為石頭和青銅具有人形。而它，也是有人形的，為甚麼也不能讓生命來充實呢？

蠍子號第一次認識生命，可能就是從這本書開始。也正因為她和雕像有相同之處，所以它才會看這本書，看得津津有味，覺得十分有趣。

如果蠍子號看這本書，是刻意安排，那當然亦舒就是這個意思。如果是信手拈來，那就是妙手偶得，佳妙之極，產生的效果是一樣的。

小說作者在寫作的過程中，這種妙手偶得的例子很多，所起的好效果，有時連作者在寫作的時候，也未曾想及，要在事後才想到，有時還要經人提出，才恍然大悟其中大有妙處在。我在二十多年小說寫作過程中，就有很多這種例子，在這裏，當然不必列舉，只需指出常有這種情形發生就是了。

還有值得一提的是，米開蘭基羅曾花了好幾年時間繪了「創世紀」的巨幅壁畫，也和生命的起源、人類心靈有關，蠍子號在有這些資料輸入之後，自然也增加了它對生命的認識。

不過在這時候，蠍子號還是肆無忌憚地批評人類，自然是因為人類的弱點，實在太多了！

「我比你們幸運得多，因為我不會病，不會老……不擔心靈魂的升降……」（第一六八頁）

「你們人類是這樣軟弱無助。」（第一六三頁）

可以舉的例子很多，大家可以參閱原著。

蠍子號的改變，自然與J3的認識，是極主要的關鍵。J3是一個龐大組織中的特務，地位甚低。他雖然是特務，可是卻性格豪爽開朗，知識豐富，是一個十分有趣，有血有肉的人。如果J3不是有這樣的性格，蠍子號自然不會對他產生感情。

J3最大的優點，是他的性格極其浪漫——一個男人如果不是有浪漫的性格，怎會對一個機械人產生感情？對一具電腦發生愛情，在普通人的心目之中，是會被當作神經病的。

不過一個性格極度浪漫的人，才不會理會旁人把他當甚麼，神經病就神經

病，別說愛上了電腦，愛上一塊石頭，卻又怎地！

J3不但愛蠍子號，他對繆斯——一具綜合性電腦，也有深厚的感情。J3是感情豐富、充滿了浪漫情懷的一個人，肯定了這一點，蠍子號才會趨向人性化，終於墮入情網，變成了一個人。如果J3只是一個冷冰冰的冷血特務，一切也就不可能發生。

J3帶蠍子號去看街市，在街市中，蠍子號看到了生命的被屠殺，那使它感到「恐懼」、「震怒」、「激動」甚至「鐵青面孔」，得出的結論是：

「你們進化得實在太慢。」（第一九三頁）

這時，它雖然仍鄙視人類，但已不知不覺間，有了對生命的感情——如果它已有了不能容忍對田雞和鷓鴣的殺害，它自然更不能容忍對人的殺害。對生命有感情，是人性化的開始，它已經不單純地是一具有人形的電腦了。

J3要辭職，要脫離組織，蠍子號關心他的安危，這已經有了人和人之間的感情了。

雖然，繆斯也早已和J3有感情，但繆斯不同，繆斯早已知道人腦組織的複雜，和蠍子號才被製造出來是不同的，繆斯甚至會感到寂寞，它是早已人性化，有着和它名字相稱的詩人性格的電腦。

蠍子號最大的轉變，是她要求有眼淚。連博士都感到了震動：

「她太像一個人。」

「我早就發覺，她現在要求有眼淚。」（第二〇五頁）

亦舒通過了蠍子號要求有眼淚的行動，向讀者宣示：蠍子號已經逐漸變成人了！

而蠍子號會逐步變成人的原因是：

「……想太多……資料儲藏器太活躍，輸出資料的時候混合太多你自己的思想……」（第二〇九頁）

蠍子號自己也明白這一點：

「人何嘗不是一樣，哲學家與思想家也就是這類型的錯誤，無論是人是電

腦，想得多總是無益的。」（第二〇九頁）

亦舒寫的是一具電腦逐步人性化的過程，但那當然也是一種隱喻，蠍子號就算不是一具電腦，根本是一個人，可以是一個無知少女，或者可以是一個冷血特務，在一些過程之中，逐步趨向於人性，變成有人的豐富的感情，整個小說的架構，還是成立的。

在《蠍子號》中，亦舒寫的，是人性和非人性的衝突，有極深刻的寓意在，並不是單單在說一個情節豐富、熱鬧的幻想故事，讀者必須明白這一點！尤其是在「組織」這個名詞上，有深刻的寓意：一個只要求目的不擇手段的組織，一個只要人聽命於它的組織，像一個巨大的陰影一樣，壓在J3的頭上。

到最後，J3雖然對付了C7，但是B呢？A呢？真是想下去也不寒而慄。

《蠍子號》寫了人性和非人性之間的鬥爭，但沒有寫人性全面戰勝了非人性。在蠍子號的身上，人性戰勝了，但是整個組織一樣存在，只不過少了一個C7，而C7在組織中是微不足道的。

可怕的組織，正在主宰着人類的命運，一具電腦，或少數幾個人發出的命令，可以主宰幾百萬幾千萬人的命運，人性對付組織性（非人性），還需要經過漫長的道路和艱苦的鬥爭，雖然人類已經為此鬥爭了好幾千年，但是取得的成就顯然不大，如同電腦一般的非人性組織，仍然毫無忌憚地在肆虐，隨意把幾百萬人，幾千萬人，幾萬萬人推向痛苦的深淵！

蠍子號越想越多，越和J3相處，越是像人，在博士和繆斯死亡之後，它的轉變已經完成，它已經不再是一具電腦，而是一個人。

所以，就自然而然和J3談起戀愛來，最後，為了救J3，而犧牲了自己的生命——別以為她那時只有一百小時的生命，只要它答應C7的要求，它可以一直活下去，但是它不肯出賣J3而求得自己的永生，雖然那時，它已經留戀生命，感到生命的極度可愛，它不想死，要活下去！

但是它犧牲了自己，救了J3。它自己是智慧無窮的機械人，而J3只不過是一個小腳色。

這樣的表現，是極其偉大的，所以，前面如有提到「人性」之處，都應該加上括弧，括弧中的字眼是：美好的一面。

人性有醜惡的一面，有美好的一面，蠍子號的人性化過程，是美好人性化的過程。

人，出賣別人，是自古以來的拿手好戲，猶大就曾出賣耶穌，猶大不是電腦，是一個真正的人。真正的人在人性化了的電腦面前，應該面紅慚愧。

或許，蠍子號再活下去，也會吸收人性的醜惡面，真正變得與人無異，誰知道，她死了，死於人性美好一面的影響，使人懷念不已。

蠍子號臨死時，對人類發出樂觀的看法：

「你會活下去……電腦永遠不能統治這世界，只因為你們有愛……」（第二七八頁）

人類的愛心，本來是力量無限的，但是當有組織有計劃地摒棄愛，宣揚恨的行為，一直在持續着，而且用種種美麗言詞的外衣，在遮掩着這種醜惡的行為，使這種醜惡行為還能以其美麗的外形迷惑人時，人類的愛是不是真有那麼大的力量呢？

看來並不如蠍子號樂觀，人類被電腦統治的時日，遲早會來臨。

如果作為一種寓意來說，人類被非人性組織的統治，一直在持續着，直到如今，仍有生活在大幅土地上，數以億計的人類，在受着這樣的統治。

蠍子號自然不明白這些，它在人性化之後，變得太美好了，是人類理想中的美好！

（三）組織

《蠍子號》的故事之中，有一個極其可怕的「組織」。組織中的C7，已經可以製造蠍子號這樣精密的電腦機械人，又可以隨便殺人、僱用特務。故事只寫到C7為止，按號碼排下來，C7之上，C級的至少還有六個，而B級的，A

級的，不知道還有多少，這個龐大的神秘的組織，自然是幻想故事中的一種設想。

但是所有的幻想都不是憑空而來的，若是把這個組織，百分之一百當作幻想，自然把《蠍子號》這個故事的深度貶低了。

「組織」的寓意，在前一節已經大略提到過，這時再強調一下：凡以非人性為根本觀念而形成的一種龐大的勢力，都屬於《蠍子號》中「組織」的範疇，全是一樣的貨色。

人類自有歷史以來，便不知有多少可歌可泣的事，是為了對抗這種貨色而發生的，可惜的是，並沒有多大的成功，人類的觀念，在無數鬥爭之中，逐步趨向文明，但是野蠻和反動，仍然佔據着巨大的地盤，還不知道要多久，地球上的人類，才能全面趨向美好自由的生活。

「組織」實在是可怕的，從外面攻破，更不容易，要多有一批像蠍子號一樣，由內部攻破，才會有希望！

人類甚麼時候可以完全擺脫「組織」，才能稱得上真正是人，不然，依舊只是「組織」的奴隸！

(四) 小說的結構

《蠍子號》有着上佳的小說結構。它只是一個中篇小說，但是卻給人包羅萬有之感，有懸疑的情節，有驚險的過程，有人生哲理的探討，有愛情的發展，有充滿人情味的安排，有不斷的高潮起伏和出人意表的發展，有科學幻想，錯綜複雜而又毫不淩亂，猶如在一個小小的空間之中，佈置出一個疏落有致、百花俱備的園林一樣，再加上它還有深刻的寓意。

一篇大約不到十萬字的中篇小說之中，可以包含如此豐富的內容，而且每一個內容，都一點不給人以侷促之感，反倒有發揮得充份的感覺，那決然不是一件容易的事。

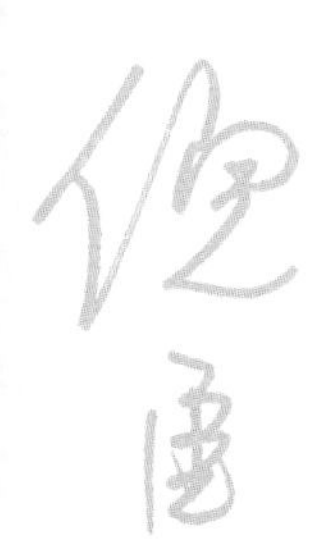

《蠍子號》是一篇上佳的小説。

在亦舒的小説之中，像《蠍子號》，並不多見，所以儘管只是一個中篇，在排名上，可以排為第三。

（《蠍子號》在天地圖書有限公司出版的版本中，是和《珍珠》、《香芍藥的婚事》編在一起的，整本書題名採用了《珍珠》，而不用《蠍子號》，實在很可惜。）

《風信子》

（一）統評

《風信子》是一部有着極宏大的架構的小說，小說中的主要人物，在從事一場武裝政變，而亦舒卻一點也不從正面去寫，只是從側面去寫那些在計劃武裝政變的一些人，她的目的不是寫政變，而只是寫人，寫一些在一個虛無飄渺的計劃下，有的盲目勇往直前，有的看得清清楚楚，有的早已想退出⋯⋯種種不同性格的人，在這種情形下的反應和心態。

虛無飄渺的計劃，大可以到企圖征服全世界，小可以到一個人的「個人計

劃」，無分大小，只要是這種類型的計劃，幾乎每一個人都可以遇到。是在「夢」中生活下去，還是從「夢」中掙扎出來，《風信子》中，有極動人的描寫。

《風信子》的整個寫作法，採用了不斷懸疑的方法，簡直驚心動魄之至，一個大陰謀在一開始就進行，只不過書中人物的「我」一直蒙在鼓裏而已。懸疑加上抽絲剝繭式的解剖，使《風信子》有着上佳推理小說的格局，有吸引讀者一口氣看完的巨大力量。有些片段，簡直可以給讀者巨大的恐怖與震撼，也是亦舒小說中比較突出的一篇。

亦舒其實能寫許多不同類型的小說，《風信子》和《蠍子號》和《喜寶》，基本上是不同類型的小說，她照樣寫得頭頭是道。

而當然，她能寫的小說，還不止這三個類型，以下陸續看來，亦會逐種提出。

《風信子》的故事一開始，幾乎是平淡無奇的，可是一步一步進逼過來，會令讀者連氣都難喘。

亦舒巧妙地運用了對比法：要襯出一方高不可攀，將之與普通人比較，自然顯不出其高來，而《風信子》中的季少堂，本身已是一個享有盛名的作家。（雖然他自己對他自己的作品不滿意。）

季少堂又是一個船王的女婿，本身已是上層社會中的人物了，可是他在見了宋一一和宋三之後，他感到：

「平時倒覺得自己頂風流瀟灑，此刻忽然自慚形穢。」（第一〇六頁）

「主人難道是神仙中人？」（第一一三頁）

就在這樣的對比之下，神秘的一家人的神秘氣氛，越來越濃，讀者自然也看得興致勃發，欲知其詳。

寫小說，要寫得讀者看得趣味盎然，不肯釋卷，越看越想看下去，不是容易的事。多少所謂小說，是叫人看不下去的，或者是隨時可以放下來的。

亦舒寫小說，有叫人看得廢寢忘食的本事，吸引讀者的技巧極高，而《風信子》更是其中表表。

（二）季少堂的一家

《風信子》的結構十分有趣，兩個本來是全然風馬牛不相干的家庭，會發生了生死相關的聯繫。這兩個家庭是季少堂的一家和宋家。

先說季少堂的一家。

季家實在是上層社會中相當普通的家庭，除了季少堂是一個略有名氣的作家之外，乏善足陳。但是季少堂這個人，卻十分有趣，他有豁達的性格，感情極度濃厚，而且有豐富的想像力，但是也有典型的知識分子式的幻想與現實不結合的毛病——一旦幻想成了事實，非但不覺得高興，而且還會驚惶失措。這種性格，在「葉公好龍」這個故事中，有相當生動的描寫？這個故事是大眾都知道的，不多贅。

季少堂到了宋家，知道了姓宋的一家在做的事，以他一個小說家的身份而言，應該又驚又喜才是，這是寫作的大好題材——宋家找到了他，也因為他是一個作家，希望在提供他資料之後，能夠把宋家在進行的轟轟烈烈的事業記述下來，傳諸後世。

但可惜季少堂絕不是一個有野心的人，他只是一個幻想多於實際的人，一知道了內幕，立時大驚失色，可是卻又在對個別人的感情上糾纏不清，這個人雖然可愛有趣，但性格上極具缺點，是一個不能做大事的知識分子的典型。

如果不是他不幸被宋家選中，他的一生，倒是很幸福的，或許還可以寫多幾本《黃河與我》、《淮河與我》、《珠江與我》……

季少堂的作品，他自己這樣評價：

「必先要把洋人唬得一愣一愣。我的稿件中充滿禪、陰陽、易經、八卦、軍閥、白牡丹、蠱、男人的辮子、女人的小腳，諸如此類。」（第九十四頁）

亦舒的小說中，常有皮裏陽秋的諷刺之筆，這一段話的諷刺性就極高，不過，洋人就是喜歡「諸如此類」，倒也不能太苛責這類作家的，而且，那些東西，真要寫得好起來，一樣可以成為極好的小說的。

季少堂的人生觀是相當豁達的，有着傳統的中國知識分子對命運的認識，他第二個女兒盼咪是一個低能兒，他妻子鮑瑞芳為此煩惱，他就說：

「盼咪有她自己的世界，人生在世，各有命運不同。」（第九十九頁）

盼咪後來，經過腦部手術之後，醫好了，結果是她變成了一個脾氣極壞的小女孩，而且，至多只能再活一年，那真還不如聽任她病下去好了，至少，在那時，她「有她自己的世界」。

季少堂有兩個女兒，盼妮和盼咪，兩個女兒在整個《風信子》中的作用都不是很大，只是加插其間，作穿針引線之用。小說中常需要這類角色：說重要，並不重要，沒有吧，又不行，許多大大小小的事情，都要自他們的身上引發。

不但盼妮和盼咪是這樣的角色，連鮑瑞芳、鮑船王也是這類角色。

寫小說，寫主角人物易，寫閒雜人等難。

若是在閒雜人等上落筆太多，自然整個小說的結構就會鬆散，節奏拖慢，而且沒有意思——看小說，讀者要看是環繞着主角人物發展的情節，誰去注意閒雜人等的死活？但如果草草了事，卻又起不到「綠葉」的作用。所以如何拿捏這些人物，是小說家很見功夫的一點。

亦舒在處理閒雜人等這方面，有卓越的能力。在她的小說之中，閒雜人等穿插着，不搶主角的鏡頭，但是又讓讀者覺得他們的存在，起着他們應起的作用。

讀者可以在《風信子》的盼妮、盼咪、鮑瑞芳等人的身上，體會到這一點。

所以，「季少堂的一家」這一節，雖然標題是「一家人」，但當然要說的主要人物是季少堂，因為季少堂才是主角。

季少堂當然是《風信子》這篇小說的主角，可是他這個主角的地位，卻特

別之極，因為在整篇小說中，在整篇小說的最重大事件之中，他看來看去，是一個局外人，始終未曾參與重大事件的核心。

但是，他雖然和事件無關，卻和與事件有關的人，發生了千絲萬縷的關係。

從這裏可以看出來，《風信子》雖然有宏大的架構，故事涉及了一個場面十分偉大的政變，一個神秘詭異，豪富而充滿了神秘的家族，等等，都只不過是一種襯托，並非主要。主要的是，亦舒通過了這樣的一個故事架構寫了一些人，一些在一個虛無飄渺的幻夢陰影下的有血有肉的人。

這些人，才是重要的。他們各有各的性格，在一個巨大的幻夢的籠罩下的各種反應。

至於這個幻夢是甚麼，並不重要。雖然亦舒煞有介事，說甚麼看到的照片：

「全是轉變中國近代歷史的主要角色。」（第一四五頁）

那全是亦舒作為一個小説家所弄的狡獪，當然不會真有一場宋家發動的軍事政變。《風信子》的讀者必須明白這一點，莫為作者騙過。

亦舒選擇了這個神秘的家族的姓氏是「宋」，也的確很能引起一些過敏的聯想。讀者有這種聯想，倒也沒有甚麼大壞處，至少對於這個家族的豪奢和富有，可以有一點聯想上的概念。這種概念，用亦舒的話來說就是：

「……和珅的後代，或是沈萬三的承繼人。」（第一四四頁）

一言以蔽之，富可敵國就是了。

雖然富可敵國，而且還有各種各樣的人才，（亦舒用暗寫法暗示過）但是，夢幻始終不能成為現實，這些人，儘管，神仙中人，結果都不免悲劇收場。

亦舒所要説明的是一個「夢幻」，具體的事實，只不過是小説家的想像，若是讀者之中，有偏要去尋根究底，考證一番的，大可不必了。

回過頭來再説季少堂。

季少堂和宋家發生關係，是宋家要利用他作家的地位：

「……整理資料，把宋家過去發生的事與將來的計劃公諸於世。」（第一五七頁）

為了達到利用季少堂之目的，宋家安排了倫敦海德公園中的季盼妮騎馬受驚（沒有明寫，但以宋家中每一個人的神通廣大，既然已要計算季少堂，那是易如反掌的事），又故意留下了鐵芬尼的耳環——當然那是故意留下來的，好叫季少堂在感恩圖報之餘，憑藉着這個耳環，去找它的主人來報恩。

而宋家找上了季少堂，只怕多少和宋氏四兄弟的住所，就在季少堂的樓上有關，宋家對季少堂的留意，當不止一日，自然也對季少堂這個人，調查得一清二楚（季少堂的岳父是鮑船王，也是令宋家選中了季少堂的因素之一）。於是，在一連串的安排之下，季少堂這個本來完全是局外的人，就被捲進了一個大陰謀的漩渦之中了。

這一連串的安排之巧妙，真是無與倫比，季少堂後來，約略覺察到了，可是卻也無法肯定，而且人家一句話就可以把他堵回去：

「為甚麼找上我？」

「季兄，你的話說錯了，是你千辛萬苦的找上了我們……」（第一五八頁）

「整件事是陰謀，是不是？從海德公園開始……」

「憑你？」（第一五九頁）

季少堂已經意識到這是陰謀，可是他卻一點證據也沒有，而且，的而且確，是他千方百計去找到人家的。

一步一步巧妙的安排，使獵物自己走進陷穽中來，這個計劃，不知是哪一個人想出來的，亦舒並沒有明寫。有可能是「集體創作」。

把季少堂這個本來生活十分逍遙美滿的人，弄進了大漩渦之中，當然不足齒，但是誘使他入彀的辦法，卻令人拍案叫絕。

這使人想起《水滸傳》中，陸謙為高衙內設計謀害八十萬禁軍教頭豹子頭林沖，金聖嘆評曰：「陸謙畜牲以情理論之，一刀豈足惜哉，若以才情論之，真堪引而與之痛飲。」

而引誘季少堂的安排，就是如此，試看季少堂初見宋家兄弟之際，那種搔耳撓腮，忍不住心頭高興的樣子，就可以知道了。季少堂在宋家的每一個人面前，都有極度的自卑，但又極度欣羨每一個人。

照說，他是應該參加進宋家的計劃之中的，但是正如前面說過，他是一個幻想多於實際的人，真的叫他去和一場真刀真槍的軍事政變發生干連，他一定退縮，何況他一早就看穿了這種計劃，絕無成功的可能：

「……你們即使要搞革命，我不過是個寫小說的人……」（第一五七頁）

「我情願默默的活一輩子，也不會做你們這種夢！」（第一五八頁）

「這件事太重要，牽涉太廣，恕我不能從命……我是個胸無大志的小人。」（第一六〇頁）

叫季少堂去寫小說，他可能把一場軍事政變寫得有聲有色，場面要多大有多大，死千萬人，血流成渠，屍橫遍野。但若是叫他真去做，他就只有：

「渾身顫抖地考慮這件事，終於決定馬上離開。」（第一五九頁）

季少堂到此為止，本來已經可以，和宋家再也不發生任何關係的了。宋家千算萬算，沒有料到季少堂性格有着知識分子典型的懦弱，算是失敗了。可是接下來，卻是宋榭珊受了鎗傷。

宋榭珊受鎗傷這一大段，讀來驚心動魄之極，也值得研究之至。值得研究的原因是，這一大段情節，和季少堂這個人以後的生命，有着莫大的關聯，是全書下半截情節的重要轉捩點。

而研究的重心，應該放在這一點上：宋榭珊之受鎗傷，真是意外嗎？以下，括弧中是疑問。

一路看下來，看起來，那是意外：季少堂決定不淌渾水，要退出，宋二、宋三大怒，宋三罵他是「朽木」，宋二說他「神智不能鎮定」。接着，便是宋榭珊出現，要他去見宋總管，理由是宋四得罪了他父親，季少堂是客人：

「應當有幾分面子，我想請季先生去替馬可說幾句好話。」（第一六一頁）

（宋家一家人，除了宋四馬可是一個反叛之外，其餘人都一心一意，季少堂這種外客，在他們面前，根本一點地位也沒有，宋總管要生馬可的氣，是為了馬可反對整個計劃，這樣的大事，又豈是外客可以三言兩語勸得聽的？這個要把季少堂拉到鎗傷現場去的理由，實在是牽強之極，只有季少堂這種傻瓜才會想不到。）

（宋樹珊要季少堂去說項，是在宋二、宋三兩人大怒之後「迅速散開」之後不久。自然有足夠的時間使他們商量出另一個對付季少堂的陰謀來了。）

（宋家派出來請季少堂去做一件看來是輕而易舉的事的人是宋樹珊，不是別人。）

宋樹珊是這樣的一個美女，季少堂在其時，當然還未曾對她有甚麼想頭，但是他也已感到：

「這樣寂然、淒艷的鬼，溫柔平和地提出她的低微要求，叫人怎麼拒絕呢？」（第一六一頁）

季少堂無法拒絕這一點，也早在算中。

季少堂到了現場，宋馬可和宋總管正在爭執：

「我只要你們放我走，天涯海角，永不回頭……你們另外找死士去！」（第一六三頁）

宋總管一個耳光打將過去。

（馬可和他父親之間的爭執應該是真的。假局之中，包含有若干真的成份，就更容易使人入彀，季少堂就是在這種情形下入局的。兩分真，八分假，這才夠高明。）

接下來，宋總管就拔出了鎗來。

（整個計劃，是要宋樹珊「意外受傷」的苦肉計，宋樹珊對宋家的犧牲，不可謂不大，在這時候，她也根本沒有選擇的餘地。）

（亦舒在寫這一大段情節之際，用的全是曲筆暗寫法，可是她又怕讀者真的不明白，以為那一切全是意外，所以有時候，又忍不住點醒一下，這樣做自然有必要，不然，讀者真的糊塗起來，作家的一番心血，就白費了也。）

亦舒的點醒文字，是借季少堂所想的：

「……更沒想到他們兩父子會對着外人火拼。」（第一六三頁）

當然想不到有這種場面出現，那全然是情理之外的事，宋總管是在做戲給季少堂看！不然，哪會有父子火拼的場面出現！

然後，宋總管開鎗，宋榭珊擋在馬可之前，受了鎗傷。

馬可是在計劃之外的，因為他「不置信」。宋家明趕到，第一句話就是：

「叫他們準備O負型血液。」

而季少堂這時，就自然而然說了出來：

「我的血是O負型。」（第一六四頁）

計劃到此完成了，計劃的目的是要把季少堂留下來，不讓他離開。季少堂的血型是O負型，宋家的人，自然早已調查得一清二楚。

宋樹珊的血型是O負型，可以是一個巧合，也可以根本不是O負型——那有甚麼關係，只要季少堂以為她也是O負型就可以了，季少堂不是醫生，根本無法證明宋樹珊的血是不是O負型。

宋家的目的，是要季少堂多留幾天，季少堂毅然拒絕參加他們的計劃，這出乎他們的意料之外，他們需要時間去另作安排，而季少堂可能妨礙他們，所以要把他多留下來幾天。

而宋樹珊是不是真的受了傷，還是那根本只是魔術手法中的掩眼法，也真可以如此懷疑，因為在她受了傷之後，季少堂根本沒有再見過她！

然而，至少在季少堂的心中，他是認為自己的血，曾大量地輸入宋樹珊的體內，這對他有極大的震撼，他開始做夢：

「我想到我做過的夢，宋樹珊滿身血污的轉頭向着我笑，兩頰晶瑩如玉，我驚怖之餘驚醒，醒了卻有無限留戀。」（第一七〇頁）

倪匡

這簡簡單單的幾句話，把季少堂的心態，寫得透徹之極。這時，季少堂仍然在對宋榭珊的感情上，處於極矛盾的階段。

他的潛意識中，已經愛上了宋榭珊，但這時，他還有足夠的理智，覺得那是不可能的事。所以才會有這樣的夢境的糾纏。

（亦舒用了「O負型血液」這個名詞，無法獲知有關O負型血液的進一步資料。當它是一種稀有血型即可，不必過份深究。）

（季少堂的業餘嗜好，是研究CELTS種的歷史，宋家的人表示也對克爾特人歷史有興趣，自然也是「投其所好」，以便雙方關係迅速拉近的一項計劃。）

（克爾特族人在公元前一千年生活在歐洲，有他們獨特的文化，據專家意見，如今很多歐洲國家的人，都是克爾特人的後代，包括日耳曼人、羅馬人在內。）

（這也只不過是季少堂的一個嗜好而已，和他嗜好搜集郵票一樣，不必深究的。）

季少堂的理智，終於逐步崩潰，從表面上看來，他是怕生命有威脅，其實，他只是一個不足道的小腳色，宋家的人和宋家的敵人，都不會殺他，他的情緒不安，是基於他絕不敢面對和承認的一個原因：他愛宋樹珊，不可遏止地愛着宋樹珊。他：

「……精神非常緊張，不能鬆弛……心神恍惚日漸嚴重……」（第一七四頁）

這正是陷入苦戀中的人的症狀。

而在這時候，季少堂對她妻子的感情是：

「除了感激，還只有感激。」──（第一七五頁）

唉，丈夫對妻子只有感激之時，也就是這段婚姻面臨結束之時了。婚姻是要愛情來維繫的，不是靠感激來拉攏的！

接下來，季少堂讀了馬可的日記，知道馬可狂戀着宋樹珊，可笑他在這之前，還以為可以把女兒嫁給馬可！馬可假死，盼妮傷心，季少堂勸她：

「……最平凡的生活才是最快樂的生活……」（第一九〇頁）

知道這個道理，季少堂倒不是有心騙人，可是知道是一回事，做不做得到，又是另外一回事。多少簡單的道理，明明白白擺在那裏，可是硬是做不到起來，也一點辦法都沒有。

季少堂知道平凡和快樂的關係，可是他還不是不可遏制地投進了波濤澎湃、洶湧無比的情海之中，而慘遭沒頂。

季少堂在苦悶之餘：

「決定回客西馬尼院。」（第一九二頁）

（在這裏加插一段有趣的敍述。我在看那本《風信子》，是向航弟借來的。航弟是我們的姪兒，一個十分喜歡看小說的少年，十二歲另三個月。他在看小說之際，喜歡加上批註。）

（就在上面引用的那句之下，他加上了「為何回去」四個字，還加了兩個問號之多。）

（航弟自然不明白季少堂為甚麼又要回去，因為他只是一個少年。）

季少堂到客西馬尼院去，是想宋家明嗎？當然不是，他是想去見宋榭珊！

當一個人的心底深處，懷着極度秘密的，但又不可遏止的戀情之際，就會借各種因由去接近暗戀的人，到那附近去看看也好的！

季少堂的目的，十分顯明，見了人之後不幾句就問：

「榭珊呢？她可好？我能見她？」（第一九三頁）

而且在得到了肯定的答覆之後，一副急不及待的樣子，連連問「榭珊呢」，等到一見了她：

「我看得呆了，美如天仙，美如天仙！」（第一九四頁）

這時候，季少堂已經沉進去了！

而且，在季少堂眼中看出來，宋榭珊變了，不但「雙頰上添了一抹淡紅的血色」，而且他立時：

「……看着她，巴不得這樣坐着聽她說上一輩子的話。」（第一九五頁）

他對宋榭珊的迷戀已到了這一地步，還能自拔嗎？當然不能，但是他還是矛盾，還想自拔，雖然他「內心底層非常想留下來」。而他也明白「是為了她不想離開」！

不過這種矛盾為時短暫，只不過是他理智的一種垂死掙扎而已。

在愛情來到時，勢如排山倒海，除非真是超凡入聖，不然，凡夫俗子，只好被壓成肉醬，季少堂想要自己和自己對抗，自然一樣成為肉醬。他只想：

「……陪風信子說話終老，不問世事。」（第二〇二頁）

季少堂自始至終，只是一個幻想型的人，連秘密的戀情中，也在自己騙自己，不斷幻想。

等到宋榭珊出走，離開了宋家，季少堂又向深淵邁進了一大步，季少堂為她冒險——這時他是心甘情願地去冒險：

「為你，為你是值得的。」（第二一三頁）

「我願意一輩子呵護她。」（第二一八頁）

他甚至進一步幻想：

「她為着我離家出走。」（第二二〇頁）

季少堂的這種幻想，換來宋約翰的一聲冷笑，也換來了鮑瑞芳的極度不滿。

女人是敏感的，作為妻子，鮑瑞芳當然已經感到她的丈夫大大不對勁，她的話，聰明得一下子就刺穿了季少堂的心靈：

「你的痛苦是懷疑宋樹珊這個夢的可靠性。」（第二二二頁）

多麼一針見血的對白，所用的字數之少，和所道出的事實之多，大約不能再有更好的安排了。對白簡潔有力，是亦舒小說的一大特色，在這句對白上可見典型。

鮑瑞芳一再提醒季少堂，那是「一個不可能達到的夢」。在這之前，小說中，絕沒有直接寫季少堂愛宋樹珊，在兩人之間，沒有出現過一個「愛」字。

亦舒的這種寫法，是在向讀者說明季少堂這個人內心的矛盾，他愛宋榭珊，但是又一直在掙扎着不想承認，直到這時，他的理智才完全潰敗：

「我無法壓抑自己的感情，我已經愛上了她。」（第二二三頁）

雖然他的妻子鮑瑞芳痛哭，他的女兒盼妮陪着默默流淚，但是在這時候，季少堂根本已不準備回頭。他完全知道，自己的行為對妻女有虧，可是那又有甚麼辦法呢？他愛上了另一個女人，愛情的力量排山倒海，莫之能禦，季少堂又豈能例外！

盼妮在經過了一連串的責問之後，也不得不承認事實，

「爹爹，你真的在戀愛。」（第二二七頁）

季少堂在愛情上是十分堅決的，正如盼妮說，他連對方的真姓名都不知道，也從來沒有在他所愛的人那裏，得到過甚麼迴響，更不要說有甚麼愛的承諾了。就在這樣的情形下，他勇往直前地愛上了她，拋棄了原有的一切，奔向一個虛無飄渺的夢。

他拒絕進入宋家的虛無飄渺的幻夢，可是卻又自己替自己編織了一個在意義上來說，並無不同的夢，而且進入了這個夢中。

這不能怪他，真要怪甚麼的話，只好怪愛情的力量太神秘，太不可測，太偉大，任何人不能與之抗拒，就像雞蛋和石頭相碰，碎裂的必然是雞蛋一樣，永無例外。

而當季少堂知道宋馬可沒有死，而且和宋榭珊相愛着的時候，他還是不肯走出那個已經完全幻滅的夢，鮑瑞芳帶血的話，聽在他的耳中，一點作用也沒有，他固執地要留在他自己的夢裏。鮑瑞芳這樣說：

「……把這一切當作個噩夢，我們可以從頭開始……」（第二三八頁）

但是，不管是美夢也好，是噩夢也好，季少堂願意留在他的夢裏，他根本不要走出這個夢！

他從不後悔，一直到最後他還說：

「為了榭珊，為她是甚麼都值得的！」（第二六三頁）

當一個人，或是一群人，走進自己編織的夢中的時候，情形是極其奇特的，旁觀者人人都看得很清楚，他或他們，只不過是在夢境之中，而且，應該是有人隨便叫一聲，他或他們的夢，就會破滅，他或他們就可以從夢境之中走出來了。

然而不，隨便旁邊的人怎麼叫，用甚麼態度叫，叫得多大聲，身在夢中的他或他們，都不會醒來，不會走出他或他們的夢境。

並不是他們聽不見，叫他或他們走出夢境的聲音，他們聽得清清楚楚，但是他或他們，卻寧願停留在夢境之中，要是一旦他或他們的夢境破裂了，他或他們，就不知道如何活得下去。

夢，有大有小，大到成吉思汗亞歷山大大帝希特勒等等編織的征服世界的夢，要全人類都服膺於某一種思想的夢；小到一個人的戀情，在意義上全是一樣的。

季少堂不願離開他的夢，他的夢使他陷入痛苦的深淵：

「說來說去……唯一的傻瓜是我！」（第二四五頁）

他甚麼都失去了，在這種情形下，當然還是讓他留在夢中的好。到最後，季少堂的夢是美人魚酒吧，那是沒有分別的：

「五百年後，有甚麼分別？」（第二五九頁）

五百年後，上議院的貴族和酒吧中的酒鬼，轟轟烈烈的革命英雄和鼠竊狗摸，有甚麼分別？

季少堂自然是一個悲劇人物。

但是要明白，在開始的時候，他的命運受人擺佈，身不由主，可以說是一個無辜的受害者，但是到後來，他愛宋榭珊，卻完全是他自己的選擇，再也怨不得任何人，那是他的選擇，他需要如此，他需要一個夢，明知這個夢不會是美夢，可是他覺得他要。

人是有自己選擇自己生命歷程的權利的，是不是？

忽然想到，季少堂也不算是那麼悲劇的悲劇人物，至少他有可能選擇了自

己所要的。

比起那些根本不能選擇自己所要的人來，他不是幸運得多了嗎？

好像不必為季少堂難過了！

季少堂的妻子鮑瑞芳，是一個十分精彩的女人，在季少堂還未曾在理智上肯承認自己愛上了宋榭珊之際，她已經知道了，當然她沒有大吵大鬧。後來她還痛哭着說可以「從頭開始」，但當她這樣講的時候，她也是不抱任何希望的。

她清清楚楚地知道，她這樣做，只不過是在盡她的責任。然而，男女要共同生活，責任是沒有用的，重要的是愛情，沒有了愛情，就沒有了一切。

鮑瑞芳其實也並不是十分的悲劇人物，這種情形，實在太多了，充塞於生活之中。但鮑瑞芳又可是一個悲劇人物，因為亦舒在最後，安排盼咪死去，加給她更多的痛苦。

季少堂一家人的事說完了，盼妮和盼咪在《風信子》的最後部份，曾被綁架，這一大段情節，不是很好，宋家兄弟綁架兩個女孩，逼季少堂講出宋榭珊的下落來，這是下下之策，以他們的高明，可以有的是別的辦法，而不必出這種下下之策的，試想想《風信子》從一開始，就把他們塑造成那麼高不可攀的形象，但忽然之間，卻做起綁架小女孩這種下三濫的事情來，前後實在不統一，他們是要搞武裝政變取政權的人，不管成功失敗，也不管如何奸詐殘酷，冷血無情，但還是有他們的氣派在的，這一段綁架的情節，與他們的氣派不符。

《風信子》本身，是大氣磅礴的一篇小說，想像力豐富，人物個性特出，小說結構嚴謹，情節詭異，在在都是上上之作，而「綁架」一段，起了破壞作用，以後若有機會修訂，這一段情節，應該重寫，以亦舒之能，要另外安排一些情節，是十分容易的事。

（三）宋家

宋家，包括的人如下：宋總管、宋大、宋二、宋三、宋四。宋家明，宋榭珊。還有一個從未露面的老太太，是宋家的主宰。

這一家人，借宋馬可的話說，是：

「……為這個計劃而來到世界的，連宋家明本人都是一具傀儡……」（第一五七頁）

而所謂「這個計劃」，就是武裝軍事政變。亦舒的想像力十分豐富，寫作技巧也十分高，對於近代歷史上發生在中國的天翻地覆的變化，她不着一字——真是不必着一字的，這種大事，還有甚麼人不知道的呢？

也正由於這是人人知道的事，所以，也知道宋家不論如何努力，不論怎樣富有，都注定了要失敗。宋家明自己以為是主角，叫人為他賣命，並且還引用了聖經上面的話：

「來跟從我，我要叫你們得人如得魚一樣。」

「若有人要跟從我，就當捨己，背起他的十字架，來跟從我。」（第一八〇頁）

（看！任何美好的詞句，都可以被套用在最醜惡的事情上的！）

（人類的最大本領，有異於禽獸昆蟲者，就是懂得利用聽起來最美麗的言語、看起來最美麗的文字，去掩飾最醜惡的行為，禽獸或昆蟲是不懂這一套的。）

在這個目標下，宋總管、宋家明、宋約翰、宋保羅、宋路加，甚至宋老太太，其實都是這個計劃的傀儡。計劃是人訂出來的，然而人卻又成了這個計劃的俘虜。這種情形，聽起來彷彿矛盾和不可能，但其實再簡單也沒有，四個字就可以形容了，曰：作繭自縛。所以這些人的外形看來不論如何出色，像宋家明的玉樹臨風，宋約翰的王者氣象……等等，都只是他們的外表。

他們的內心，全是一樣的，沒有甚麼分別，他們只是在繭中的蛹，而這個繭又是他們自己織起來的，所以永遠衝不破。

（誰能衝破自己內心築起來的障礙呢？）

他們也必須不斷掙扎着，在繭中掙扎，雖然不能破繭而出，作為蛹，掙扎一下也是好的：活的蛹，總好過死的蛹，是不是？

（觀察過蛹的掙扎沒有？昆蟲生命發展過程中的一個奇異的階段，明明是有生命的，但只能作死亡般的動作，然而，生命在孕育成長，只要能破繭而出，就是生命的完成。）

那些人，全是可憐人，身不由主的可憐人，但他們可憐得快樂，因為他們是自願如此的。

凡是一個人，自願去做一件事，旁觀者看來他再蠢再笨再可憐再痛苦再不如意再不會成功，只要這件事是他真正自願這樣做的，他就自得其樂。

如果不是他在這件事上得到樂趣，他就可以不必再做下去了，是不是？

或者說：為環境所逼，非做不可呢？

那麼，請看看宋馬可和宋榭珊。

大約不會再有甚麼環境，比他們兩人所處的環境更惡劣的了，但是他們是如此努力在突破環境，追求自己的快樂，追求自己的選擇能得到實現。

宋馬可是一個十分可愛的人物，亦舒小說中的男人，當推他為最可愛。他大膽，豪爽，熱情，坦誠，敢愛敢恨，叛逆不羈，又有豐富的學識和俊美的外形，是一個無懈可擊的完美的典型。

他自稱：

「我是為這個計劃而來到世界的。」（第一五七頁）

但是他卻把「這個計劃」看得如此透徹：

「現在甚麼年代了，你們還做夢！我告訴你，這件事不會成功的！」（第一五四頁）

「一切只是幻象，你們何不醒覺？」（第一五五頁）

他堅決要求退出：

「只要你們放我走，天涯海角，永不回頭。」（第一六三頁）

在這裏，十分值得注意的是，亦舒寫出了一個事實：一個人，即使一出生，就在某一種目標的培育下成長，在他的成長過程之中，所接觸到的一切，全是為了要達成這個目標，他所受的一切教育，都告訴他朝這個目標走，絕不能回頭，加在他身上的一切訓練，如果用同樣的功夫去訓練一隻螞蟻，只怕這隻螞蟻也會被訓練得會說話，而說的話是：「是，我們要向這目標走，一定要完成這目標！」

可是，一個人，只要他是一個人，一切的訓練，即使是一出生就訓練起，結果也會出現如宋馬可這樣的叛逆。因為人是有思想的，有思想，就有懷疑，有懷疑，就有獨立思考。

人的思想，是每一個人獨力完成的，別說妄圖改造思想了，就算一出生就培育，到這個人長大了，還是會有不受控制的自己的思想，花時間再多，也沒有用處。三十年的時間夠長了吧，在努力灌輸一種思想的地方，出了多少「生下來就為這個計劃」但結果又成了叛逆的年輕人？

蠍子號曾說：「過一陣總有一具混合型電腦會出這種毛病。」電腦尚且如此，何況是人！再嚴密的控制，也控制不了人的思想。人一有了自己的想法，甚麼樣的強權，也對之無可奈何。

所有嚴密的控制，都有一條鐵律：不准退出。

宋馬可要退出，就受到死亡的威脅，所以他就只好用盡方法來逃亡。

（啊，逃亡！一隻小木船上擠上八十七個人在大海中飄流，面對海盜風浪饑餓口渴疾病和絕望；一隻用舊了的車胎要面對鯊魚，眼看同伴被鯊魚一塊塊吞噬；翻過鐵絲網時，軍犬在後追趕，槍聲在後響起，血肉和鋼鐵的搏鬥……）

逃亡是一件很可怕的事，但是到了非逃亡不可的時候，還是要逃亡。

宋馬可用盡方法逃亡，但是他終於未能逃出去，但他總算逃過的。他和宋榭珊在一起的那段日子，當然快樂又甜蜜，一個人一生之中，未必會有一段這樣快樂的日子，要不是他不顧一切地逃亡，連這段快樂的日子也不會有。

宋馬可那段快樂的日子，是和宋榭珊在一起過的。

宋榭珊更是一個衝破環境束縛的叛逆。她所處的環境之閉塞，較宋馬可更甚。宋馬可還有大量機會接觸到宋家以外的世界，而榭珊則一生都在宋家的範圍之內渡過。以她的這種情形而論，除了愛情之外，沒有任何力量可以使她背叛，當然，就是愛情使她背叛，逃出了宋家。

宋榭珊對於宋家的計劃，甚至是不關心的，成也好，敗也好，她都不關心，她是宋家明的妻子，但是從來也未曾愛過這尊白玉雕像。當宋馬可的熱情把她溶化之後，她就不顧一切地私奔，她的洋名是風信子，結果死於有毒的風信子。

她臨死之前，只是淡淡地說了兩個字：

「也好。」（第二六七頁）

這兩個字中，包含了無窮的意思：當一個人在疲累之極，實在不想再掙扎的時候，沒有痛苦的死亡，只好是最佳歸宿。

別看宋樹珊優閒得好像神仙一樣，看仔細一點，她生活得多累，累到了非常人所能忍受的地步。

到了生命的盡頭時，除了「也好」之外，還能叫她說些甚麼呢？

(四) 結語

《風信子》這篇小說，含義相當深刻，情節奇詭莫測，而且，很有點武俠小說的風味，一些匪夷所思的事物，如「萬境歸空」，如劇毒的風信子花，等等，益增小說的奇詭性。

《風信子》寫了一些在夢幻中的人的活動——顯示了一點：夢幻如果是自己織成的，就無法衝得出去。

《風信子》最壞的是結尾：宋路加瘋了，那明顯地是來自金庸《天龍八

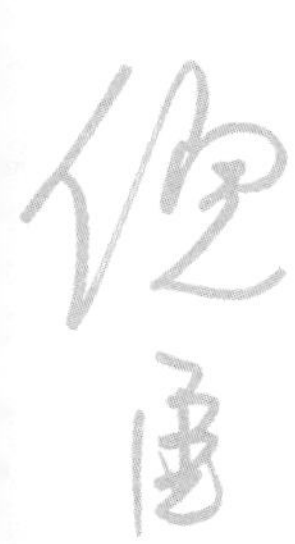

部》中的慕容復，這種情形，絕不可再，最好是連一也不要有。

《風信子》在亦舒的小說之中，地位本來可以更高，但因為不喜歡那場綁架，所以只好讓它屈居第四。

《玫瑰的故事》

（一）前語

當然該輪到《玫瑰的故事》了，寫有關亦舒小說，若是不提《玫瑰的故事》，那是不可思議的事。其所以把它放在後面，無非是顯出它的重要性，因為開宗明義，一上來就寫過：亦舒小說之中，以《玫瑰的故事》居首，排名第一。而看《玫瑰的故事》，是一口氣看到天亮才看完，看完後的心情如何，前面也說過了。

亦舒的小說，到目前為止，最長的一篇就是《玫瑰的故事》，大約超過了三十萬字。

全書分成四部，每一部，都有一個「我」做主角。同一篇小說之中，四部各用第一人稱來寫，而第一人稱的身份又各自不同，這是小說寫作方法中罕見的例子，第一遍，看到第二部，發覺那個「我」已換了一個人時，真為之瞠目結舌者再。

超過三十萬字的《玫瑰的故事》，真正是玫瑰的故事，一個美麗到了罕見地步的美女的故事，她的一生的愛情生活的故事。

《玫瑰的故事》可以說是一部「情愛寶鑑」，全書所寫的，全是各種各樣男女的情愛，各種不同性格的男女，對情愛的處理態度，可以說是現代社會的男女百態，包括了他們的生活和心態。

這篇小說，稱之為「情愛寶鑑」，絕無貶意，純是褒意，試看《風月寶鑑》，何嘗不是寫盡了人世間男女情愛的小說？

男女之間的情愛，是所有正常人生活中不可或缺的一部份，重要之極。一個人的生活之必須，重要程度與人需要空氣、食物和水相若。一部寫男女情愛的小說，也就是一部寫人生命的小說，切勿等閒視之。如果輕視情愛，等於輕視生命。

任何人，若是認為男女間情愛不宜大書特書的，那麼當然不會喜歡《玫瑰的故事》——也很難想像這種人會喜歡甚麼，因為這種人根本不懂得生活，生活尚且不懂，遑論小說乎？自然更不懂了。

《玫瑰的故事》中的玫瑰，是美麗得不可方物的一個美女。所以，對已經一連出了好幾版的《玫瑰的故事》的封面，要提抗議。

那封面上的女郎，當然也是一個美女，但美女又怎地？美女到處都是，在馬路邊站着，經常可以看到一堆美女，然而那是玫瑰嗎？當然不是。

讀者心目中的玫瑰，在亦舒生動的筆觸描寫之下，已經變得沒有一個具體的形象，只能存在於想像之中的了。

這樣的一個美女，是無法用任何美女的照片所能代表的，用再美的女郎的照片，想具體表現玫瑰的美麗，都會失敗。這情形就像不論用甚麼演員來演林黛玉，來演小龍女，都不會被人接受一樣。

玫瑰屬於每一個人心目中的美女，究竟美到何等程度，各憑想像，不能定於一尊，所以，《玫瑰的故事》的封面，亟宜更換。

奇怪的是，亦舒其他的小說，封面設計大抵甚佳，頗有矇矓之美，偏偏這一本，最不該有清晰具體印象的，卻弄了一幅照片來。

看了封面的照片，若然玫瑰真是這樣子，周士輝何至於一見了如遭雷殛，羅震中又何至於會跌進金魚池中！大大破壞了亦舒筆下玫瑰的形象，所以非提抗議不可。

(二) 第一部——玫瑰

《玫瑰的故事》第一部，寫的是少女時期的玫瑰。

少女時期的玫瑰是不羈的、任性的，是典型的大城市中的少女，自己有自己一套想法，對世俗禮法，展開自然而然的反抗。

說是典型，是大都市中的少女，幾乎全經過玫瑰少女時期的階段的，就算在行動上沒有玫瑰的行為，在思想觀念上，心態上，也會傾向玫瑰，向玫瑰認同。這就是這部小說的成功之處，亦舒寫出了都市少女的心態，把她們所想的，把她們對整個社會的觀念，把她們對愛情的看法，把她們的痛苦和快樂，全都寫了出來，有着廣泛深刻的意義。

甲：少女玫瑰的美麗

玫瑰即使是一個十六歲左右的少女，她的美麗已經不可方物。

亦舒用了幾句話形容玫瑰之美：

「薔薇色皮膚，圓眼睛，左邊臉頰上一顆藍痣，長腿，結實的胸脯，並且非常的活潑開朗。」（第二頁）

比形容喜寶時，多化了些筆墨，但那並沒有用，單是這樣的形容，讀者不會覺得她有多麼美麗。令讀者覺得她美麗的，是書中其他人物見了她之後的反應，反應一個接一個而來，才使讀者真正認識到玫瑰是人間罕見的美女。

書中人物第一次驚艷的是蘇更生——蘇更生也是女性，這一點十分重要，女性評論起女性的美麗來，標準苛刻得不近人情，比男性評論起女性的美麗的標準來，不知嚴酷了多少倍。而一個美女對另一個美女的評論，更是天愁地慘的可怕，蘇更生本身是一位美女，看看她看到了玫瑰之後的反應：

「唉呀，世界原來真有美女這回事。」

「你妹妹是我一生人見過最好看的女性。」（第十四頁）

大凡美女，就像是武林高手一樣，極少推崇對方的武功，總認為自己是天下第一的，蘇更生並不是外向的人：

「她待人永遠淡淡的。」（第十五頁）

由此可知，少女玫瑰，真是美麗得出奇。

書中人物第二次驚艷，是周士輝。周士輝那時，才結婚不久，妻子是他自己揀中的。可是他一見玫瑰：

「……忽然呆住，雷殛似看着……」

「……以魂不守舍的聲音問……」（第十九頁）

周士輝的驚艷之後，立時就變了另一個人，這且留待後論。

不相干的人驚艷的次數也多到不可勝數，有以下的評語：

「最吸引人的是她的嘴唇，小但是厚，像隨時有千言萬語要傾訴，但她是那麼年青，有甚麼要說的呢？真是迷惑。」（第四十六頁）

玫瑰的美麗是毫無疑問的了。

可是，玫瑰的美麗也曾凋謝過，她在失戀之後，自暴自棄，不再注意自己的身材和儀容。當她和方協文結婚生女之後，蘇更生甚至感慨地說，可以把她的名字從「艷女錄」中刪除掉，由此可知她的外形變得多麼厲害，她只是一個「看來還美麗的少婦」而已。

由此可知，一個女人的外形再美，也還是要有內在的靈魂的，沒有了靈魂，只餘軀殼，再美，也是死的，沒有光輝的，凋謝的，褪色的。有了靈魂，才有生命。

這裏的「靈魂」，和尋常對這個詞的解釋，有所不同，或者應該説成「要有生命」，但玫瑰在那時，又不是沒有生命的，只是沒有「靈魂」而已，所以還是選擇了這個名詞，可以意會，很難作進一步的解釋。

玫瑰在那時候，其實是因為心靈傷勢太重，接近死亡邊緣，甚至是在假死的狀態之中，她全然不知道自己在做甚麼，甚至不知道自己是不是還活着。

可憐的玫瑰，可憐的美麗的玫瑰！

乙：少女玫瑰身邊的幾個男人

這一節小標題，本來想定名為「少女玫瑰的戀愛」，但一想不對，有幾個男人，玫瑰根本不曾愛過，只是他們愛玫瑰而已，所以就改成現在的樣子。

（「少女玫瑰」四個字，其實是不通的，應該是「玫瑰的少女時期」或「少女時代的玫瑰」，為了行文方便而取了此詞，反正詞意清楚，就可以了。）

這一段時間，玫瑰是十六歲到十八歲。

第一個為她神魂顛倒的，自然是周士輝，周士輝見到了玫瑰，認識了玫瑰之後，整個人都改變了。玫瑰甚至從來也沒有愛過他，只是把他當成玩伴而已。但一個美麗、青春、活潑的少女，真有這種能力，可以使得一個原來生活刻板、從來未享受過人生的男人，覺得展開了第二度的生命。

當一個人有了二度生命之感時，那種快樂是可想而知的：人人都只能活一次，但是有二度生命的人，卻可以活上兩次！

周士輝和玫瑰在一起的短暫的日子，他真是快樂的，快樂到了無以復加：

「直到認識了玫瑰，我才發現真正的自己……在我面前有一整個新的境界……我以前竟不知道有彩虹與蝴蝶……前半輩子我對着功課與文件度過，後

半輩子讓我做一個浪子……」（第三十二頁）

在任何別人看來，周士輝都是傻瓜、瘋子，對妻子變了心的壞男人，旁人怎樣看法，周士輝根本不理會，因為他自己的快樂，只有他自己才知道。

別人既然不知道他的快樂，所以一切的規勸，自然也搔不着癢處，聽在他的耳中，只覺得是教條。周士輝十分乾脆地拒絕：

「……不要為我好，我不願意再回頭……」（第三十二頁）

周士輝的情形，和《風信子》中的季少堂，有所不同。當季少堂自在愛情來到時，他是明知那不可能有結果的，所以他為自己編織了一個夢，從此就變成了夢幻中的人，不願意再出來，季少堂從來也沒有奢望過他所愛的女人也會愛他，所以季少堂的愛，只有痛苦，快樂是在夢幻中。

但周士輝不同，周士輝為玫瑰顛倒，為玫瑰離婚，他是一心以為玫瑰也會愛他的。所以周士輝的快樂，是實實在在的。

當一個人實實在在，在愛情中得到快樂之際，是沒有甚麼力量可以拉得他回頭的。

雖然，後來玫瑰表示了從來也未曾愛過周士輝，周士輝的快樂，自此結束，玫瑰和周士輝來往，只是因為：

「我寂寞……沒有人知道我很寂寞……沒有人真正的關心我……」（第三十九頁）

玫瑰的心態是十分正常的，十六七歲的女孩子，幾乎每一個都感到寂寞，感到沒有人關心她——就算事實上她並不寂寞，有很多人關心她，但是在她內心的感覺上，仍然會固執地認為她寂寞而沒有人關心，這是一個少女成長過程中的普遍心態。

正當玫瑰這個年紀的時候，周士輝瘋狂地愛上了她，玫瑰自然感到十分高興，但歡喜周士輝的愛是一回事，愛周士輝，又是另一回事。

玫瑰不愛周士輝，絕不需負擔甚麼責任，就算她和周士輝再親熱，也決計不會去慫恿周士輝離婚，周士輝要離婚，正如玫瑰所說：

「那是他家的事。」（第二十六頁）

「我不是破壞他們家庭的罪人，遠在周士輝的眼光落在我身上之時，他們的婚姻已經破裂，即使周士輝以後若無其事的活下去，他們的婚姻也名存實亡。」（第二十七頁）

這一段話，引得比較長了一點，因為這一段話，十分重要。婚姻，是人類社會訂下的各種制度之中，看起來最簡單，但實際上卻最最複雜的一種制度，因為婚姻制度和男女情愛有關。

在亦舒的小説之中，經常可以看到這樣的句子：「有些人根本不是為了愛情而結婚」。一點也不錯，由於一種制度，反而把最重要的一部份沖淡了。男女在一起生活，最重要的是愛情，而不是制度，在很多情形下，愛情消失，制度尚在，婚姻名存實亡，尚幸還有離婚制度，現代社會的人，也已經很明白離婚制度的好處，不然，這一雙男女，就會一直痛苦下去。

（誰説人類不進步？人類畢竟還是在進步的，看看離婚制度已得到了法律和人情越來越普遍的公認，就可以知道人類在進步。）

以周士輝為例，玫瑰說得對，就算沒有她這個人的存在，周士輝的婚姻，一樣維持不下去，主要的是周士輝對他過去的生活，起了極度的厭倦感，必須努力去追求改變，不然，生命對他來說，毫無意義。在這樣的情形下，別說除了玫瑰之外，世上必然還有其他的女人，就算他和他的妻子處身於再無別人的荒島上，兩人之間的愛情也會消失，周士輝也會另覓他途，去追尋快樂。

人是有權追尋快樂的。

在周士輝和玫瑰的事情之中，沒有甚麼對和錯。自然，在現象上看來，有人受了損害，受損的是關芝芝，周士輝的合法妻子。

然而，關芝芝的受損害，也是無可奈何的，決不是甚麼人的錯，就像死在戰場上的戰士一樣，不是射死他的敵人的錯，錯誤是在戰爭本身。像關芝芝的受損害，錯誤是在人生的本身。

任何人，在一生之中，除非根本不涉及男女感情，否則，必然無可避免地，會受到傷痛程度不同的損害，這是人生內容的一部份，幾乎沒有人能例外，甚至連黃玫瑰也不能例外。

這使人想起《三國演義》中，有關關羽的故事：關羽在死了之後，在天上大叫：還我頭來。一位高僧反問他：你要人還你的頭，你過五關斬六將，他們的頭，由誰來還？關羽無可答言，悄然隱沒。

男女之間的愛情、婚姻，就是這樣子。由於人的思想不斷在轉變，環境不斷在變換，要求永恆不變、一生不渝，簡直是不可能的事，或是一方能，另一方不能，或是雙方皆不能，變幻無常，沒有道理可講，沒有規律可尋，自古已然，要不然，哪有那麼多唏噓感嘆、無可奈何的詩句留下來？只不過現代人對待這種變幻的方式直接化了許多而已。

亦舒後來替關芝芝安排了一個很好的結果，這種情形當然也有，但更多的情形不是那麼好，可是，誰沒有誰活不下去呢？關芝芝沒有了周士輝可以活下去，周士輝沒有了玫瑰，也可以活下去，玫瑰沒有了莊國棟，也一樣可以活下去！

周士輝的痛苦是玫瑰不愛他，他的快樂，極其短暫，但蘇更生說得好：

「一個人在一生之中能夠戀愛一次，未嘗不是好事。」（第三十三頁）

周士輝自然不會後悔，他一直愛着玫瑰，記得玫瑰的生日，身在萬里之外，每逢玫瑰生日都不能自已，打電話給黃振華，可以想像他的痛苦是何等之甚。

周士輝的痛苦，和關芝芝的痛苦一樣，全是無可奈何的，沒有任何力量可以幫他。

但如果玫瑰不是不愛他，而是也愛他呢？情形當然就完全不同了，周士輝的快樂可以延長（誰也不能保證永遠）。又如果他們兩人互相相愛，而又因為種種阻撓，不能相聚呢？那痛苦就比無可奈何的痛苦更甚了。阻撓的力量可以有很多種，例如玫瑰的老媽把玫瑰送到天不吐去，使他們再也不能見面，例如由於他性格上的缺點，又不肯捨離關芝芝等等，那麼，痛苦就比如今這種情形更甚！

男女之間的關係，看起來不外一男一女，一男數女，或一女數男，但是其間的組合排列之複雜，全世界最大的電腦也計算不盡，仔細去想一想，是十分有趣的事——當然，旁觀有趣得多，臨到自己身上時，是苦是趣，也只有自己才能知道了。

周士輝之後，玫瑰身邊的男人是雅歷斯林和那個甚至沒有名字的混血兒，這兩個人，提過就算。

然後，就是莊國棟。

遇上了莊國棟，玫瑰才有第一次戀愛。

玫瑰的初戀，以心頭滴血告終。莊國棟不是不愛玫瑰，但是他太理智了，仍然和他的未婚妻結了婚。

（莊國棟的理智，和書中另一個理智人物黃振華的理智不同。黃振華是熱情的理智，而莊國棟是冷血的理智。雖然後來，莊國棟的性格有很大的改變，但當時，他的那種理智，確然是冷血的。）

莊國棟當時的想法是：

「……但是我要做一個完人……我拒絕了她，與未婚妻結婚……」（第三七七頁）

這是一種甚麼樣的冷血，他甚至在和未婚妻結婚時，已經知道自己愛的是另外一個女人，他的目的，只是為了一個「完人」的形象！

這種冷血，不但害了他自己，也害了玫瑰：

「為了在他那裏受的創傷，我嫁了一個自己並不愛的人，達十年之久……」（第四六九頁）

一個娶了自己不愛的女人，一個嫁了自己不愛的男人，一個是主動的，一個是被動的。一切全是為了莊國棟冷血的理智，他要做「完人」！

去他媽的「完人」！

一次戀愛失敗後的女性，很容易產生自暴自棄的心理，甚至於只為了「安

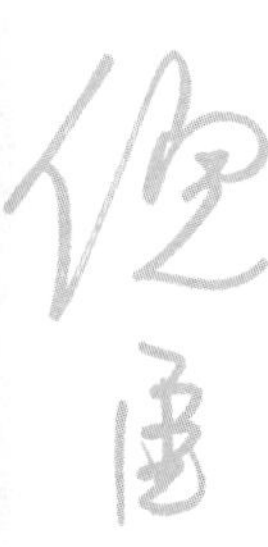

全感」的理由，而嫁給一個她根本不愛的男人，這種事，絕不是只在小說中出現，在現實生活之中，有許多許多這樣的例子。

要特別指出的是：女性的這種行為，是一種極之愚蠢的行為，一個人不愛你，並不等於你沒有人愛，也不等於你不能再愛別人，每天傷心痛哭，甚至把眼睛哭瞎掉，也比做這種愚蠢的事好！

想起美女如玫瑰，嫁給傖夫如方協文，真叫不相干的人也為之心痛。

莊國棟在後文還會出現，少女玫瑰時期的莊國棟，一無可取，冷血而卑鄙，不想再多說他。

在莊國棟之後，玫瑰到了美國，在美國，玫瑰有了極大的轉變，也就在這時候，她認識了方協文。

方協文在整個《玫瑰的故事》之中，不是閒角，地位十分重要，他甚至是小玫瑰方太初的父親。方協文是一個不折不扣的幸運兒，也是十足加一的渾蛋。

他是一個笨得不能再笨的笨人，初見黃振華、蘇更生時的那一段，亦舒寫來生龍活虎，把方協文的笨，寫得令人咬牙切齒，只恨黃振華打他的那兩個耳光太輕。亦舒把他的笨，全由黃振華的眼中看出來，心中想出來，這種寫法十分討好，因為黃振華本身是一個絕頂聰明的人，對比之下，益發顯得方協文的笨。

但，儘管他笨，他對玫瑰的愛意，卻是真心真意的。

玫瑰那時，心中的傷痛並沒有痊愈：

「這種傷痕，永遠不會結疤，永遠血淋淋。」（第一一一頁）

而方協文在這種時候，照玫瑰的說法是：

「……對我好。……真的很照顧我……」（第一一二及一一三頁）

方協文之能進入玫瑰的生命，完全是一種偶然的機緣。不是在這種情形之下，方協文和玫瑰不可能有任何關係。

然而，人生途中的遇與合，可以說無處不是機緣，方協文恰好遇上了，玫

瑰為了躲起來養傷，總得有點遮蔽，她不能再在風吹雨打、日曬雪飄的露天養傷，在那時候，誰還要求結實的華廈，茅寮草棚，皆無不可，只求不要毫無掩蔽就可以了，所以，方協文就進入玫瑰的生命，成了玫瑰的丈夫。

方協文是一個笨人，殆無疑問，他是不是笨到了連玫瑰根本不愛他都不知道呢？可能真的不知道，但是當他和玫瑰在一起的時候，他是極度快樂的一個人，像方協文這樣的人，而有這樣的奇遇，真是應該滿足了。方協文確然也滿足，雖然他不時向女兒灌輸玫瑰的不好，但也有講真心話的時候：

「我實在不應恨她，她給了我一生中最好的日子。」

「那九年零三個半月，我過的是帝王都比不上的適意生活，只有那三千個日子我是真正活着的。」（第三〇三頁）

這一點，在全然未見過玫瑰，只聽方太初説起她母親如何不好的周棠華，也由衷地感到：

「即使你父親是被騙，也很值得。」（第二六七頁）

何況玫瑰根本沒有騙過方協文，她只是不愛方協文而已：

「人們愛的是一些人，與之結婚生子的又是另外一些人。」（第一四六頁）

看金庸小說《神鵰俠侶》，有極羨慕其中人物尹志平者，因為尹志平曾親小龍女香澤（用詞何其大雅，一笑！）照這樣看來，方協文簡直是普天之下，第一幸運兒，玫瑰從二十一歲到三十歲，是他的妻子，一個笨人而能有這樣的幸運，還不知足，還要在女兒面前講玫瑰的壞話，還要自怨自艾，酗酒解愁，作出一副潦倒之狀來，還要拿女兒來要挾人，真不是東西，很難想像方太初跟着這樣的一個父親長大，性格上怎麼會如此可愛！

丙：黃振華和蘇更生

另外有兩個人值得一提：黃振華和蘇更生。黃振華甚至是第一部中的「我」。

黃振華始終是一個十分可愛的人物，他理智而又熱情，他對玫瑰的真摯的兄妹之情，看了真令人感動。飛機場中他抱小玫瑰的那一節，更把他的熱情，表露無遺。這個人物在整個小說之中，似乎並不重要，但只要他一出現，就必然帶來活潑與熱鬧，雖然後來他也遭到了極度的困擾，但那是以後的事了。

他和蘇更生之間的戀愛，也是順理成章的。唯一的波折，就是突然之間，他知道蘇更生以前嫁過人，而蘇更生一直沒有告訴他。

蘇更生是一個很聰明能幹的女人，可是在這件事上，她雖然有她充份的理由，卻和她的聰明程度不符。她曾嫁過人，這是絕無可能永遠隱瞞下去的，以她的聰明程度，應該在適當時機之下，早已自己提及，而不必等方協文這個笨人來說穿。

蘇更生有一大段對白，十分重要而且合理，見原著第一一七頁，太長，不引用了。她的結語是：

「每個人心中都有若干秘密。」

企圖知道他人心中的秘密，尤其是自己所愛的人的心中秘密，這是自然之情，但若是用盡方法去刺探，那是世上最愚蠢的行為，黃振華後來也明白了：

「過去並不重要，目前與將來才是重要的。」（第一二一頁）

黃振華畢竟可愛，自此之後，他再也未曾提及過「那件事」，這是他有着過人氣度之故。一開始聽到時，感到震驚，那是自然而然的反應，然而，他是理智的，熱情的，有氣度的男人，在他的心中，並沒有再想及「那件事」。

在這裏，要抄一段自己的作品，抄自《名家談神鵰》一書中，我對楊過的看法：

「……楊過真是一個頂天立地的男子漢大丈夫，小龍女的事，他不會不知……但是楊過卻半個字也沒有提起過，非但不提，絕對連想也未曾想過，根本不把這件事放在心上……真正懂得愛情的男人，就是這樣。」

黃振華是不是「絕對未曾想過那件事」，倒無可考查，但是他能提都不再提，這就能令許多男人愧煞！

黃振華始終可愛，比較起來，蘇更生的可愛程度，遠不如他。

(三) 第二部：玫瑰盛放

甲：獨一無二的玫瑰

玫瑰沒有青年時期，從少女一下子就到了成熟階段。當然，實際上她有青年時期的，二十一到三十歲，但是那十年，她和方協文在一起。

玫瑰畢竟是玫瑰，女孩子不要以為自己美貌，就個個都可以是玫瑰，不能不能，絕不能這樣想，除非還能像玫瑰的其他方面一樣出色，那雖然美貌不如玫瑰，也將就着可以自認為玫瑰了。

在那十年之中，玫瑰：

「讀了三張文憑：法律、純美術及歐洲文學。」（第一六二頁）

玫瑰還會法文：

「她在客廳中用法文說電話……」（第一五三頁）

而且，玫瑰可愛的性格，使她：

「一點點知識分子的矯情都沒有。」（第一六二頁）

而且，她在這十年之中，不單是讀了三張文憑，她還有極繁重的家務，且聽方協文如何說：

「……每天我……一切不必操心，襯衫褲子給我熨得筆挺，連口袋中的雜物都替我騰出來放在替換的乾淨衣服內……屋子一塵不染，飯菜煮得香噴噴，小玫瑰她親手帶大……」（第三〇三頁）

玫瑰是完美到了無懈可擊的，一個像玫瑰這樣的美女，應該有權利可以懶惰一下的，事實上，也有很多美女，認真在享受自己懶惰的權利，可是玫瑰卻不然，她甚至不認為自己是美女，一點也不享受美女的特權，她的性格如此可愛，自然而然地做着，把自己置於全然沒有瑕疵、如珠如寶、如美玉如天人的境界，一個接一個男人為她前仆後繼，神魂顛倒，又豈止是因為她的美貌而已。

任何美女，若是想自以為自己是玫瑰，光照鏡子是不夠的，還得好好想想。

玫瑰是玫瑰，獨一無二的玫瑰！

乙：溥家敏和溥家明及其他人

第二部中的「我」是溥家敏。一開始，溥家敏驚艷之後，就不可遏止地愛上了玫瑰。

（亦舒在這裏，又用了一個怪姓：溥，和《喜寶》中的勗一樣，同樣找不到有這個姓的根據，書中提及的大畫家溥心畬，並不是真姓溥的。）

溥家敏初見玫瑰，眼中的玫瑰已佔盡了一切的美：

「皮膚白得晶瑩。」

「她的美麗是流動的，叫人忍不住看了又看。」

「足踝精緻如大理石雕刻……」

「姿態卻婉轉低迴，像是有千言萬語的表情開不了口，整個人像一幅圖畫般好看。」

「眼睛深如兩潭子水。」

「我一生人沒有見過那麼美麗的女人。」（第一四〇至一四七頁）

不厭其煩，引了許多，是想藉此可以有一個玫瑰美麗的較具體的印象。然而，結果發現還是沒有，玫瑰的美麗，還是要靠想像，在各人心中自己建立具體形象。

一見玫瑰，溥家敏立時連戚咪咪是誰都記不起來了！這種情形，已不是第一次發生，周士輝就一見玫瑰，就忘記了關芝芝：

「當我第一眼看到玫瑰的時候，我與咪咪之間已經完了。」（第一四七頁）

這種情形，前面已經說過，再重複一次：沒有對錯，玫瑰不需負責，溥家敏也不需負責。

溥家敏的感覺是：

「馬上被她迷住了……像中了邪似，真可怕，我完全不能自已。」（第一四九頁）

他也隨即明白：

「我在戀愛，我已經愛上了黃玫瑰！」（第一五八頁）

溥家敏的愛情道路並不順利，他是一個性格極熱情的人，毫不掩飾自己的感情，豪爽坦誠，勇敢衝動，那時玫瑰還沒有正式離婚，溥家敏的感覺，是他性格的反應：

「見她一次之後更想再見她。能夠握到她的手，又想進一步擁抱她……我完了。」（第一六一頁）

溥家敏是溥家敏，和別的男人又不一樣。亦舒在《玫瑰的故事》之中，寫了許多為玫瑰顛倒的男人，但是沒有一個是相同的，各有各的性格，各有各的行為，各有各的想法。

這是《玫瑰的故事》最成功之處。

溥家敏像是一團烈火，後來這團火，變成了焚燒了他自己，可是若干年之後，他見到了小玫瑰，他熾熱的癡情仍然絲毫未滅，當年對玫瑰的熱情，可想而知！他對玫瑰的讚美，也是極出色的：

「她並不是我的夢中女郎，我做夢也沒想到有那麼可愛的女人。」（第一六六頁）

溥家敏是一個美男子，這一點，在後來周棠華看到他時的印象中得到證明，但是玫瑰卻並不愛他，溥家敏示愛，玫瑰顧左右而言他，見於原著一六八頁。

黃振華這時，又不得不出來擔任規勸的角色，可是被溥家敏幾句話頂了回去，表示了自己的心意：

「誠然，你沒有痛苦，但是你有沒有快樂？」（第一七二頁）

「縱然舉案齊眉，到底意難平。」（第一七五頁）

對於已「決定死在她的綠羅裙下」的溥家敏來說，又是沒有任何力量可以勸他回頭的了，雖然他十分明白玫瑰不愛他：

「我知道玫瑰不會愛我。」

但是他不肯停止，他這種像一團火一樣性格的人，是不會停止的，火燒不到人家，就燒他自己，反正得燒下去：

「我覺得快樂，是那種迴光返照式的快樂。」（第一七六頁）

黃玫瑰沒有愛溥家敏，卻愛上了溥家敏「清秀憂鬱」的哥哥溥家明。

溥家敏的熱，和溥家明的冷，又是一個極度鮮明的對比。然而，溥家明的冷，和莊國棟的冷又不同，莊國棟是自私的冷血，溥家明的冷，卻是一種接近完美的靜態，在外表上，他給人以一種孤芳自賞的孤僻之感，但實際上，他當然不是這樣的人，他性子極度含蓄，不是那麼容易和他人發生直接的心靈接觸，但一旦觸及，同樣灼熱無比。溥家明初遇黃玫瑰，不管他如何把自己保護得再好，他也「如夢初醒」，然後才說「黃小姐你好」。

這就是溥家明！

而玫瑰對溥家明，幾乎是一見鍾情的，接下來的大段對白，只有溥家敏這個當局人聽不出弦外之音而已，而玫瑰是連溥家明寄在琴聲中的心事都聽出來了的！

溥家明和玫瑰之戀，發展得相當快，前後不過半個月的時間——發展的過程如何，不得而知，這是合理的，因為用溥家敏的第一人稱在寫，那時候他在夏威夷，自然無法得知過程，而等他知道之後，一切都已經成了定局。

溥家明和玫瑰之戀，已經成為事實，溥家敏真是了不起，他自知：

「我已經死了，現在控制我的行動的不過是我的神經中樞，不是我的心，我的心已經死了。」（第二〇三頁）

（誰要是用生理學的觀點去剖析這兩句話，那麼對不起，我們稱這種人為笨人。）

溥家敏的性格，豪爽絕倫，雖然在極度的創痛之中，他還是極快有了決定，毅然犧牲。這種決定，真是聰明之極。他是溥家敏，總不成像方協文那樣，還去苦苦纏着玫瑰不放，纏也沒有用還要纏，這種事只有方協文這種人才做，而溥家敏是溥家敏，他決計不做。溥家敏做的是他立時向戚咪咪求婚。

在這裏，要略提一下戚咪咪，她是一個可愛之極的女性，溥家敏把她忘記，她絕無糾纏，溥家敏向她求婚，她明知是怎麼一回事，還是立即答應。

戚咪咪之所以一口答應溥家敏的求婚，原因也很簡單，因為她知道自己愛溥家敏，這樣的情形，已經是她能得到的最好的情形了。既然不可能再好，何必作永無結果的奢求？所以她接受了現實。

戚咪咪是聰明絕頂的女人，因為她懂得接受事實，而太多女人是不懂得這一點的！

當然她可以不要溥家敏，但是她是聰明人，她自然想到一點：旁人能比溥家敏更好嗎？而且極重要的是，她愛溥家敏！既然愛溥家敏，就只好接受事實，不再玩任何花樣！雖然溥家敏的心早死了，一個心死了的溥家敏，仍然是戚咪咪所愛的男人。戚咪咪當然不快樂，但這是她唯一的選擇，人生總是無可奈何的。

設想一下如果溥家敏不曾遇見玫瑰，或是世上根本沒有玫瑰這樣的女人，那麼，溥家敏和戚咪咪之間會怎麼樣呢？他們當然會結婚生子，看起來是公認的一對標準夫妻，然而，亦舒已經另外寫了一對「璧人」的心情：蘇更生和黃振華，看看蘇更生對自己婚姻生活的不滿的那一大段文字，真是怵目驚心，叫人懷疑怎樣才可以使婚姻和愛情相結合。

蘇更生要和黃振華分開，所說的許多話，見於原著的第二三六頁起，各位可自行翻閱，細細體味。

莫非愛情真要像蘇更生所說那樣：

「見了他們，才懂得甚麼叫愛情，如此的盲目不羈，驚心動魄……」（第二三六頁）

蘇更生欣羨玫瑰和溥家明之間的愛情。這兩人之間愛得如此浪漫，如此深切，真是叫人欣羨的，但如果不是溥家明只有幾個月命，他們結了婚，婚姻生活就算和愛情相結合，總也不可能一直這樣「盲目不羈」和「驚心動魄」下去吧？

蘇更生只不過因為覺得婚姻生活太平淡，就表示了極度的不滿，自然她有權如此，但是在男人的觀點來看，她不是一個好女人。黃振華就替自己叫屈。不過，若是夫妻在一起久了，當有一方感到乏味之際，勢難長久維持下去，分開一陣子來調劑一下的做法，倒也是很現代的。

黃振華叫屈的話，十分有意思：

「我不愛她還會娶她？她十年來就控訴我不愛她，女人們都祈望男人為她們變小丑，一個個為她們去死……」（第二三九頁）

黃振華的話還不夠徹底，女人們不但祈望男人為他們變小丑，而且還祈望男人為她們變成木偶，變成她們的佔有物，變成她們的玩具……

這種心願，自然不能達成，這也是男女間許多糾纏的來源。

溥家明的死，他臨死之前和玫瑰轟轟烈烈的愛，亦舒寫來極其感人，也十分突出地寫出了玫瑰的性格——在溥家明死了之後，最適宜開車子的反而是她。溥家明死了，玫瑰不傷心嗎？當然傷心，可是她表現傷痛的方式不一樣，她已經長大了，成熟了，嚎叫嘶哭，不足以表現她心中的傷痛，她和溥家明在一起，有過那麼愉快的日子，她也覺得某種程度的心滿意足。玫瑰性格上的這一點可愛之處，黃振華和戚咪咪都曾指出過：

「……愛就是愛，她又不計算付出多少，得回多少，她從不把愛放在天秤上量……（第二三九頁）

「她從不計算得失……要我學她，比駱駝穿針眼還要困難。」（第二四一頁）

在〈玫瑰盛放〉快結束的時候，黃振華感嘆地說了一句話，很值得深思：

「我活得太長了，如果去年死去，我也就是世上最好的丈夫。」（第

二四四頁）

這句話引人深思之處，是說明了一個問題：人是會變的，不斷地在變，今日相愛的，明日可以變為陌路，今日好的，明日可以變為壞，「永恆」這種名詞，只存在於文字上，而不存在於實際生活中。

大家不妨設想一下：方太初和周棠華，應該是天造地設的一對了吧？而且他們互相之間，如此相愛，但是他們還如此年輕，誰敢說他們今後，一生之中，再也不會有任何變化呢？

黃振華和蘇更生的一對都會有變化，誰還能保證其他如今愛得再驚心動魄、再轟烈的男女有永恆？

只怕沒有人可以保證，沒有。

（四）第三部：最後的玫瑰

《玫瑰的故事》共分四部，其中，第三部〈最後的玫瑰〉和第四部〈玫瑰再見〉的次序，應該互易。在第二部結束時，提到了玫瑰和羅德慶的約會，若是接下來，就是以羅震中為「我」的「玫瑰再見」，自然在結構上十分流暢。

可是亦舒卻把周棠華和方太初為主的一部，插在中間。即使在時間上，也是如今的第四部在前，第三部在後的。亦舒作這樣的安排，可能是故意的，要讀者在接連而來的驚風駭濤之後，處置於一個比較平靜的境地之中，略有喘息和休憩的機會，所以她把方太初那一段，插在中間，造成疏密相間的效果。

曾試圖把第三、四部掉轉，就有整篇小說的結尾太平靜的感覺，所以，時空次序不是最重要的，重要的是整部小說情節上的起落安排，恰到好處。

第三部可以說得稍為簡略一些，因為在這一部中，玫瑰不是主角，主角是方太初（小玫瑰）和周棠華。在第三部中「我」是周棠華。

周棠華和方太初全是比較單純的人物，和以前曾在書中出現過的人物，和以後會在書中出現的人物，都大不相同，他們單純而可愛。

整個第三部，寫的可以說是一雙性格良善、可愛的青年男女的歷險記，他們歷險的地點是香港，他們到了香港，猶如進入了蠻荒或原始森林一樣，種種驚險、陷阱，接踵而來，驚險百出，令得他們幾乎無法逃得出去。

在歷險的過程之中，周棠華和方太初兩人，曾發生過劇烈的爭吵，亦舒十分恰當地把握了兩人純真的性格，所以在寫到他們兩人爭吵時，儘管雙方各自盡可能地用刻薄話去損對方，但是讀來卻令人發出會心的微笑，知道這始終只是小兒女的鬥氣而已，不足以引起悲劇的。試看第三四八頁，方太初罵周棠華「不要臉」的那一段，何等有趣，讀者決不會替他們擔心。全篇清涼雋永，而且喜劇收場：

「回到美國……我找到一份普通但舒服的工作，太初繼續唸書，課餘為我煮飯洗衣服。」（第三六〇頁）

千萬別想：以後呢？

如果一定要想，也可以有兩種答案：

其一，童話式的：從此之後，他們兩人就一直快快樂樂生活在一起。

其二，現實式的：誰知道呢？誰知道以後會怎麼樣呢？

（五）第四部：玫瑰再見

甲：羅震中

在〈玫瑰再見〉中，黃玫瑰已經是羅德慶爵士的夫人了，「我」是羅震中，另一個重要人物莊國棟再度出現，當然，玫瑰也還是中心人物。

自然先說羅震中。羅震中有着極度浪漫的性格，出自豪富之家，對事物都抱着一副吊兒郎當，滿不在乎的態度，瀟灑出眾，豁達開朗，直到發現他一見鍾情的女郎，竟然是他的繼母開始，他才嚐到了人生的苦酒。

羅震中初見玫瑰的那一段，亦舒用十分輕鬆的筆法寫出——讀者人人都知道他遇見的女郎是玫瑰，是他的繼母，只有他不知道。亦舒還故意調侃他，讓他去東打聽，西打聽，打聽「那個女客是誰」，而且不只一次，幾次他遇到玫瑰，都還不知道，還要玫瑰千萬別離開，真是好看煞人。

羅震中一見玫瑰，就跌進了金魚池之中，在這之前，亦舒用了許多旁敲側擊的手法，去形容「新夫人」的美麗，羅震中根本不信。羅震中對於理想的對象，有他自己的看法：

「我只能活一次……我很自私，我要找個好對象。」（第三七三及三七四頁）

但是他在這樣說的時候，他對於「好對象」還只是一個虛無的概念，究竟甚麼樣的才是好對象，連他自己也說不上來，他只知道直到那時為止，他還未曾遇上自己理想的對象而已。

曾經對一個少女說過：「當你和一個男性在一起，猶豫不決，決不定自己是愛他好，還是不愛他好之際，那就別愛他。因為若是你真正愛的人，你就根本不會猶豫，不會考慮。」

羅震中就頗有這樣的決心，他不猶豫，不隨便找一個異性，他有他的想法，要就合乎自己理想，要就沒有。

看看他第一次見到玫瑰時他的情形：

「我呆住了，我那等了半輩子的夢中女郎，她在這一刻出現了。」

「我瞠目結舌，竟說不出一個字來。」（第三八九頁）

「我張大嘴看着她。」

「我的眼光沒有離開她的一顰一笑。」

「整個人如雷殛一樣。」（第三九〇頁）

只是一眼之間，羅震中就已經知道他等了半輩子的女郎就在眼前，這是極典型的一見鍾情。一見鍾情決不是兒戲，事實上，男女之間的情愛，多半是一見鍾情的，其間玄妙的關係，如兩者之間的腦電波頻率相若，剎那間有了感應，或者是前生有因果未了，到今生再來個結局等等，真非人類的知識所能解釋。

羅震中一看到玫瑰，就知道自己所要的愛人是她，在一剎那間就有了決定。始終覺得，真正的愛情之來，就是這樣子的。男女之間，若是一方追求一方達幾年之久，一方才點頭答允，那還算是甚麼愛情？或是雙方相識數年之久，人人都以為他們在戀愛了，那也又算是甚麼愛情？

（溥家敏和戚咪咪是馬拉松式長戀的典型例子，然而溥家敏一見玫瑰，就知道自己和戚咪咪之間，只是「一對」，並無愛情。）

羅震中在那一剎間之高興與快樂，自然是難以言喻，他是一個自一出生就無往而不利的人，既未想到遇到的人是他的繼母，他樂觀的性格，自然使他想到，自己一定可以獲得對方的芳心，所以他來不及地把自己的快樂告訴莊國棟。

亦舒在〈玫瑰再見〉中，表現了她卓越的小說寫作才能，一個羅震中蒙在鼓裏不夠，還要再加一個莊國棟，連莊國棟也蒙在鼓裏，一直到後來，才讓莊國棟和玫瑰打照面，看得人心繃繃緊。

（羅震中的處境，看起來和《喜寶》中的勗聰恕有點相似：同樣是公子哥兒，同樣自己愛的女人，屬於父親。但是由於勗聰恕和羅震中是完全不同性格的兩個人，所以兩人的反應、行為，完全不同。讀者可以比較一下，就更可以看出亦舒即使在相似的情節中，也可以翻出完全不同的花樣來的寫作才能。）

（金聖嘆稱這種寫作法為「正犯法」和「略犯法」，他這樣說：「正是故意要把題目犯了，卻有本事出落得無一點一畫相借，以為快樂是也，真是渾身都是方法。」——金聖嘆《水滸讀法》）

羅震中快樂的夢，只做了一兩天，最妙的是在這兩天之中，他還陪着莊國棟去尋找失去的愛人，兩個人目標一致而全然不知。看書人看到這裏，已經急不及待要看羅震中在知道了真相之後會如何了，可是寫書人卻一點不急，好整以暇，慢慢地寫着——當然其間也沒有閒着，羅震中又遇到了玫瑰一次，終於，這一刻來臨了，他一下子就：

「……心狂跳，不祥的預兆。」

「……心跳彷彿在那一剎那停止，耳邊只餘下嗡嗡的聲音……陽光好像轉為綠色，我眼前金星點點。」（第四二七及四二八頁）

和溥家敏看到了玫瑰伏在他大哥的膝上一樣，羅震中從那一剎間起，「命運的毒藥降臨」，他完了！

接着，他又跌進了荷花池中。

一前一後，兩次跌進水池之中，心情是何等不同，但是又有甚麼辦法呢？世間所有人，似乎都在被一種叫「命運」的力量，在不斷播弄着，播弄得人不知如何才好，只好隨它播弄！

這時，輪到莊國棟來勸他了，莊國棟的話，簡直軟弱無力之極，要他把整件事都忘記，羅震中答得好：

「忘記，忘記，你叫我怎麼忘記？你為甚麼不忘記十五年前的情人？」

（第四三二頁）

羅震中直到這時，才明白了莊國棟的心情，他也成了傷心人。羅震中所處的境地，在痛苦程度之中，屬於第二級，那已是令人很難忍受的了。他的痛苦不是第一級，是因為他愛玫瑰，還只是單方面的，玫瑰不可能愛他，他得不到玫瑰。

而痛苦的第一極級，是他愛玫瑰，玫瑰也愛他而他仍得不到玫瑰的那種情形。

羅震中自此之後心死了，他以後再做些甚麼，他自己甚至是不知道的，也無所謂的，他只是渾渾噩噩地活着，如此而已。

羅震中應該是一個悲劇人物，但是人的命運，還是由性格決定的，他最後不再是悲劇人物，雖然當時他比莊國棟更傷心：

「你比我幸運，至少她愛過你。」（第四四五頁）

羅震中最後的轉變，十分戲劇化，他突然感到：

「在父親與玫瑰之間，我選的是父親。我愛過，愛去了，我又恢復了自己。我想我不是情聖，我不能像老莊那樣，一輩子癡纏一個人。我不是那塊料子……忽然之間我混身輕鬆起來，一切煩惱一掃而空……」（第五一四頁）

羅震中突然之間想穿了，很有點「頓悟」的禪味。這種頓悟，不是每一個人都可以得到的，勗聰恕不能，溥家敏不能，周士輝不能（這個人後來沒有了下文），莊國棟也不能，只有羅震中能，因為羅震中的性格與他們都不同，羅震中又浪漫又灑脱，天生就有一種可以在剎那間放棄一切的開朗和豪爽，而且他的放下，是真正出自內心的放開，和溥家敏那種近乎壯烈的自我犧牲，又是大不相同的。

有羅震中這樣性格的人，縱使一時間處於極度悲慘的境地之中，但也不會永遠成為悲劇人物的，只有像莊國棟這樣的人才會。

乙：莊國棟

莊國棟才是悲劇人物，早年，為了要做「完人」而放棄了愛情，以為自己可以有對愛情的免疫力，可是結果十五年來，飽受折磨，得不到一天快樂。

十五年之後，重逢玫瑰，他還要明知不可為而為之，還對玫瑰展開糾纏。

自然，那時，他還是令人心折的美男子，而且也絕不會有人懷疑他對愛情的真摯：

「大姊心早就為他溶成一堆，如果他追的是大姊，大姊早就背夫棄子，收拾包袱與他私奔。」（第四七四頁）

在這個過程之中，玫瑰也不是沒有感情上的矛盾，她也幾乎要「收拾包袱與他私奔」，當她叫莊國棟「走開」時：

「她的聲音充滿矛盾與感情。」（第四七六頁）

莊國棟畢竟是玫瑰的初戀情人！

（莊國棟和玫瑰之間的熱戀，是純粹感情上的，也正由於這一點，使莊國

棟成為玫瑰感情生命中的第一個男人，這一點是可以肯定的。）

玫瑰的矛盾，令羅震中也無法維護他的父親：

「玫瑰，你自己決定吧，你如果打算跟他走，快點決定……」（第四七八頁）

這就是羅震中的可愛處，也是一個真懂感情的人的可愛處。

玫瑰根本決不定該怎樣，她的矛盾，以羅德慶裝病而結束（太戲劇化的結束），而莊國棟則遠走印尼。他其實應該再走遠一點，索性到蘇門答臘去，讓那裏的獵頭族把他的頭割下來，掛在門口算數。

莊國棟不是一個可愛的人物，始終只是一個悲劇人物，他甚至不明白，當他再見到玫瑰的時候，至少應該裝成已把過去完全忘記，自己心裏去滴血好了。玫瑰也曾為他心頭滴血，他現在難道不應該滴還若干？而他偏偏還要「東山再起」，弄得灰頭土臉，連最後幾分優雅也失去了。

丙：結語

《玫瑰的故事》寫了形形色色的人的愛情糾纏，如最後亦舒所寫的：

「情海變幻莫測，情可載舟，亦可覆舟，可是請問誰又願置身一池死水之中，永無波瀾？」（第五一八頁）

願置身於一池死水之中的人有福了！

後記

（一）

本來準備在篇首寫「緣起」的，後來想想，不如寫「後記」來得好。「後記」有回味的感覺，總比一開始就囫圇吞下去的好。

（二）

看小說，明知小說中的人和事，都是假的，但是在看的時候，卻要全心全意投入，把一切全當作是真的，這才能在看小說的過程之中，得到無上的樂趣：小說中人物的悲歡離合，你可以高高在上，冷眼旁觀，也可以隨心所欲，選擇代入，在一本小說之中，歷盡人間滄桑，而依然故我，豈非大快事！

當然，只有好小說才能給看小說的人帶來無上樂趣。壞小說，連看也看不下去，何樂趣之有？每當看到壞小說時，總要嘆息，來來去去，都不過是那七八千個漢字，何以在有些人的組合排列之下，可以如此生動而吸引人，在有些人的組合排列之下，卻又如此悶不堪言？只好再一次強調天生的才能。

（三）

明是評論亦舒的小說，但實際上，卻是大量大量在發表自己的見解。

這些見解，在我過往所寫的散文與雜文之中，都曾經提及過，這次卻是更有系統地談論。自然，那是由於亦舒在她小說中所表達的觀念，絕大多數和我的觀念相吻合之故。

這是典型的「借他人杯中之酒，澆自己胸中塊壘」，但，也要他人杯中之酒合口味才好，不然，未澆到胸中，在喉嚨已經嗆死了。

（四）

在這本書中，寫了大量對小說的觀點，甚至有點「小說寫作法」的味道。自信，倒是有資格寫「小說寫作法」之類的東西的，因為寫了二十多年小說，還在寫下去。「小說寫作法」之類的東西，如果是一個根本一本小說也未曾寫過的人來寫，當然也可以，但總比較滑稽一點。

（五）

無法在這本書中把所有亦舒小說都拿出來細細剖析一番，甚至一半作品都不到，只能選擇了幾部，實在抱歉，因為亦舒的小說實在太多了。到執筆時為止，已出版者大約是二十本左右，其中有一部份是短篇。長篇小說中可說的還有很多，由於她的小說，題材多變，靈活，幾乎每一部都可以提出來詳細研究一番。像《曼陀羅》寫情愛的無可奈何，《香雪海》寫一個自知生命短促的富家女，《我的前半生》寫婚姻，以及其他作品，都為廣大讀者所喜愛。

不單是她的長篇和中篇，就算是短篇，也大有可談之處。她的短篇小說，風格清新可喜，彷彿有取之不竭的題材可供她去寫，信筆所至，都是佳作。最近出版的《回南天》中的那篇《回南天》，寫中年男人面臨性的挑逗時內心的矛盾與鬥爭，把人物的心境和環境巧妙地結合在一起，是短篇小說中罕見的佳作，若是這樣的短篇小說再不是文學作品，真不知甚麼才是文學了。

亦舒自小在香港長大，她的小説，和香港人的脈搏頻率相同，是地道的香港文學，她的小説絕不矯揉造作，有着香港人的性格，是香港人可以引以為榮的！

一九八四・一・廿三

《天堂一樣》

蔡瀾

出門時忘記帶書，又嫌Kindle重，甚麼讀物都沒有，有點心慌。

DVD和小型放映器倒是齊全，各種未看過的片集都塞入行李。但是，到底，形象是形象，文字是文字，不可缺少的是書。

在馬爾代夫時怕悶，怎麼辦？進入赤鱲角機場閒人禁止區，在Relay徘徊。這是一間全球性的連鎖店，專做交通末端生意，佈滿各地車站和機場，其他地方不開。也是一門生意，顧客都是被困住的，除非不喜歡看書或雜誌，不得不交易。

書架上有多種選擇，中國客喜歡買的種種政治人物秘史皆全，我沒興趣。

英文暢銷小說榜上有名的，我都只是聽，從不花時間看。

有了，抓了一本亦舒最新作品《天堂一樣》，絕對沒錯。她的文字簡潔得再也不能簡潔，故事又引人入勝，是最佳讀物，消磨時間的良伴。

這麼想，完全錯誤。

不是不好看，而是第一晚睡在床上，兩個鐘之內讀完，之後就沒得看。後悔，如果選的是一本《心靈雞湯》之類的勵志書，包能即刻入眠，一年也讀不完。

這本新作，與亦舒早期作品截然不同，從前不沾到一個性字，當今的竟然是寫一個「快樂小雞」的故事。

女主角當妓女，後來接手高級女伴介紹所，都做得有聲有色。書中出現的只是美少男和有錢有勢的風流中年男子，看得令少女嚮往不已。到了最後，女主角還開一家男妓院去。

昨晚遇張敏儀，她說：「一些老亦舒迷，都罵說怎麼寫這些了。」

嗅年輕男人腋下又如何？忍住不伸手去觸摸他們鬈曲鬢腳又如何？渾身濃密的汗毛又如何？

難道亦舒不能在精神上享受這些嗎？向各位讀者介紹，《天堂一樣》，絕對是一本很愉快地讀完的書。

亦師太

亦舒在《天堂一樣》中，有好幾句名言，像「中年女子賺錢不是用來添置名貴衣飾，而是為肯坐飛機頭等艙以及必要時入私家病房。」

「天堂地獄，一念之間，誰叫你高興，就跟誰一起，這裏不好玩，到別處去，何必糾纏。」這麼一說，就把《天堂一樣》點了題。

反正都是幻想，就徹底地享樂吧，女主角當過妓女，不但沒有黑暗的一面，也沒有甚麼小說所說的墮入火坑、最後報應。

女主角的結局，是嫁給一個從未娶妻的中年漢子，他有葡萄酒莊園，親自駕小型昔士那飛機把嬌妻載到一望無際的葡萄園中，為自己將來釀一種有薰衣草味的佳釀，太圓滿了，和天堂一樣。這才叫過癮嘛。

怪不得不但把香港和海外的亦舒迷看得如癡如醉，在大陸，她還有一群當她為女神的崇拜者。這些人，叫她為亦師太。

當然囉，亦舒把他們壓抑着的崇尚名牌、欣賞高級貨的陰影數出來。他們嚮往而不敢出聲的東西，亦舒老早就清清楚楚用簡單的文字寫了又寫。

年輕人的敢愛敢恨，更是亦舒使不完的題材，一本接着一本，看書後頁的目錄，已是二百七十了。

最近，我在新浪網的微博上回答讀者，問題之中有數不清的一〇四個字的字句，要求知道亦師太的一些行事。

問她哥哥倪匡的也不少，我知道的話，一一回答，有時煩了，叫他們去買《老友寫老友》和《倪匡閒話》那幾本書。

倪匡自己也說沒有和亦舒聯絡已十多年，他們兄妹間關係和常人不同，就是那麼怪。說到亦舒小說，倪匡兄也最愛看，他說：「我寫科幻，可以天馬行

空。她寫的只是兩個男的一個女的，或者相反，三個人來來去去寫了幾百本，真是本事。」

《德芬郡奶油》

另一部值得推薦的亦舒小說叫《德芬郡奶油》，完全滿足中年女人的性幻想。

女主角雅量四十來歲，是位大學教授，人長得漂亮，個性又隨和，不但和同學的兒子睡了覺，還嫁給一個英俊瀟灑的丹麥外交官，最後又有一位成熟的助教來追求，但她一個也不要，浪跡江湖去也。

故事描述三個同學：雅量、品藻和賢媛。

品藻一早結婚，生了兒子，但丈夫車禍身亡，在最困苦的時候，全靠雅量幫助，不但把所有的錢都拿出來，而且把時間都花在照顧小兒子身上。

賢媛也嫁了人，女兒長大，她和丈夫同床異夢，最後也離了婚。只有雅量永遠單身，不喜束縛，不喜孩子，一直享受她的自由。到了一天，遇到一位年輕人，雅量看到極薄白襯衫底下，他強壯的胸膛，乳暈清晰顯露……

事前不知道，原來他就是從小抱大的同學品藻的兒子。

亦舒對男人的毛，似乎有無窮的迷戀，小說中出現了又出現，尤其是談到外國男子，都形容他們寬圓肩膊上佈滿雀斑，汗毛閃閃生亮……

對中國男子的毛，則說渾身肌肉強壯有力，全身體毛從腮邊一直燃燒到胸前，然後一條線般匯合，伸延到小腹……

書中當然不缺少亦舒精句，像：

「離婚不是圖另有出路，離婚是想脫離叫你痛苦的人。」

「華裔女性實在壓抑過度，連愛情兩字都不敢提……我們糟蹋了青春。」

「男女在一起，不是結婚就是分手，沒有原因……」

「再好的女子一結婚也變怪物，因為生活逼人，她們變得錙銖必較，因為要維持地盤，變得妒忌惡糾……」

「趁年輕，瘋瘋癲癲愛它數場，老來，六十歲了，可以坐在電視機前咀嚼錯在甚麼地步，或者訕笑過度熱情少年的我，只是愛上愛情本身。」

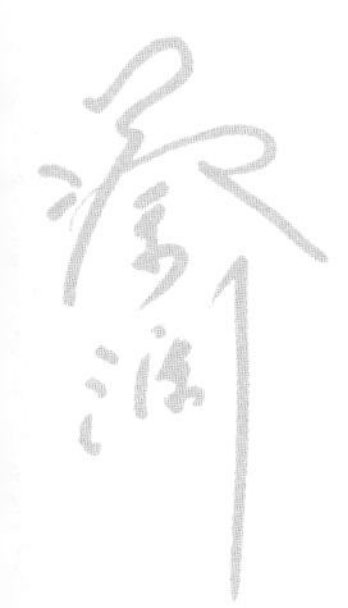

《地盡頭》

旅途中，看了好幾本借過的亦舒作品，有些有印象，有些沒有。最神奇的是，和她哥哥的書同樣，一拿上手，就放不下來。

看亦舒的書，人物的對白除了用華語理解之外，偶而要以上海話來讀。尤其多的，是由英文翻譯，不止內容，書名亦是，像《君還記得我否》，就是Do you still remember me?

有幾本的故事相當平凡，像《禁足》，說的是一個酗酒的女子，犯了交通罪，要帶上電子足鐐，過程沒有甚麼高潮，平平淡淡的敘述，但也讓人一口氣看完。

最有情節的是《地盡頭》，描述一個辦事能力極高的女子，從月薪數千元的白領做起，一直使盡手段，成為富婆。

內容中的詭計和陰謀，一個比一個好看，最曲折的是女主角嫁給洋人貴族的那一段，讀者以為哪有那麼順利時，又有意外的解釋。

本來這種追金女子不值得同情，但在亦舒筆下，安排了年老患病的外婆、無比貪婪的母親，和異父的妹妹等需要照顧，而且女主角所騙的男人都是罪有應得，使到讀者不會討厭她。

雖然在男人中打轉，女主角還是深信愛情。

「我不要男友，我想戀愛。」她說。

女友麗容訝異：「我以為你是聰明人，你應知道，世上並無愛情這回事。」

她堅持：「有。像鳳凰與麒麟，從前一定有人見過，故事才流傳下來。」

其他佳句：一個人有甚麼意思，一堆女友更加乏味，那些老小姐群每年往歐洲跑，不過是表示不愁寂寞，其實不如躲在家中舒舒服服看一套書。

女主角以為她一生再也不會有伴侶，最後還是決定和她的律師男友一起，到底，他和她到過南極，地盡頭。

當然，男友最後又去開酒莊。亦舒差不多每一部書，都以酒莊為終點，酒莊，是亦舒的地盡頭。

《世界換你微笑》

連續幾篇關於亦舒新作發表後，許多亦舒迷傳來電郵，說俗事纏身，離開了亦舒小說已有一段日子，要求我多介紹幾本。

好呀，反正最近我看得多，兩小時一本，已是生活的一部分，她一共有二百七十冊，我可以一直跟着目錄看上去，連舊作也一塊重溫，一樂也。

其中一本很好看的書叫《世界換你微笑》，講的是一位成功的女作家，因為愛上一個有婦之夫已經十年，離開了他之後身心疲勞，生活頹退。書上說：「看着紙筆，恐懼突生，越放越大：天呵，怎麼寫得出，寫甚麼題材？天下百行百業，竟會選擇寫作，太可怕了！」

一切當然是虛構，亦舒本人對寫作極有規律：早上坐在書桌前，一定寫得出，而且每天寫，一日復一日，一年過一年。

女主角的書被改編成電影，她的生活起了變化，竟然有一位電影男明星來追求，她起初拒絕，後來也被他的誠意打動而發生起關係來，但打從心底，她知道她沒愛上他。

那個愛上十年的人也離了婚，回來要求復合，又有一個英俊的探險家來追，但女主角心已死。

小說最後才打開謎團，女主角的母親忽然出現，責怪女兒把她的私隱當成題材，揭發了和另一個男子的私情，原來兩母女同時愛上一個人，他才是女主角的最愛，結局當然是這個又是葡萄園主的男人回到女主角的身邊，大團圓，皆大喜歡，以亦舒小說一貫作風收場。

書中不缺乏精句，關於女人的衣着，亦舒說：「你應該知道他們其實不在乎我們穿甚麼，只要乾淨得體便行，沒有男人會說：『你這件一萬美金的晚服叫我心動』，除非你當着他們臉把衣服緩緩除下，他們腦子裏的電路裝置與我們不同。」

當然又是一再提到男人的體毛：「……這時才看到他腋下，性感汗毛濃厚黑鴉鴉一片……」

亦舒的新書，好像無毛不歡。

亦舒的娘家

和亦舒相交數十年，她老死不相往來，非但我，連她哥哥倪匡也從不連絡。

但很少人知道的，是亦舒在香港還有一個娘家。

亦舒的書幾乎全由天地出版，連她早期在環球和博益的，像《女記者手記》、《銀女》等，也全由天地重新再版，最齊全。

「天地圖書」由李怡創辦，後來被陳松齡和劉文良接手，從一九七九年開始出版亦舒的書，至今已有三十多年。時光飛逝，到二〇一六年，天地已四十週年了，而亦舒小說的第一〇〇本《滿院落花簾不捲》於一九八九年出版，第二〇〇本《如果牆會說話》於一九九九年出版，第三〇〇本《衷心笑》在今年的二〇一六年出版，是件可喜可賀的事。

三百本書，多不容易呀，其他作者有哪一個像她那樣多產？說起來容易，要做到難如登天，這完全是因為亦舒寫作有異常的規律，每天早上寫幾個小時，中午吃飯停下，下午又繼續，那麼多年，從不間斷，也從不脫稿，週刊雜誌也不必催稿，她一交來就是一大卷，怎麼用也用不完。

三百本書之中，也不完全是小說，雜文輯成的也有，但佔一小部份，這次天地隆重其事，《衷心笑》還出版硬皮書，喜歡亦舒的人，快點去買一本來珍藏。

雖不來往，但他哥哥倪匡一說起她，也不得不佩服：「愛情小說來來去去，不過是男追女，或女追男，另一個男的或女的出現了，就是一篇。我寫科幻還可以異想天開，她就是幾個男男女女，一寫幾百本，我服了。」

怎麼開始的呢？當年的李怡英俊瀟灑，有東方保羅紐曼之稱，十四五歲的亦舒，最愛流連在李怡的出版社「伴侶」，李怡引導她看《紅樓夢》，她一看數十次，背得滾瓜爛熟，有個人要問「雀舌」這種茶出現在書中哪裏，亦舒即刻回答第幾回第幾章第幾行；也曾經有人請亦舒寫《續紅樓夢》，給她一口回拒：「這種書，已沒有人會寫了！」

家父也愛讀《紅樓夢》，記得他每一次來港，一定給亦舒拉去，一老一小，兩人大談紅樓，不亦樂乎。

另一輯李怡介紹給她看的書，是《魯迅全集》。《紅樓夢》給她看，看得寫三百本愛情小說，但魯迅的文章一看，就看壞了，別的不學，學到魯迅的罵人，如果當年是我，我就會介紹她看魯迅的弟弟周作人，也許更適合她。

亦舒罵起人來，從不留情，香港文壇很多人都給她罵過，只有四個幸免，那就是金庸先生、李怡、她哥哥和我。

亦舒敗過在金庸手下，那是她向查先生要求加稿費時，查先生寫了六七張稿紙的信給她，解釋出版工作的困難、為甚麼不能加。如果這封信她還留下，那可以拿去拍賣，相信要加的稿費也能取回。

另一封珍貴的信，是我寫的。事關查先生生病要開刀，在遠方的她非常關心，我把查先生如何與病魔搏鬥的經過寫成短篇武俠小說，寄了給她，也有數十張稿紙，不過如果拍賣，就沒那麼值錢了。

那麼多年來，亦舒在她的散文中也偶爾提到我，這次由她的編輯阿芬影印了一疊交給我，雖然沒罵過我，但還是結怨甚深，她說：「記得小時候到小蔡房間去，看見他買的新電鬚刨，覺得有趣。陰險的他立刻將鬚後水、熱毛巾遞過來，意思是說：你剃呀，有種就剃給我看，年輕的我下不了台，氣盛，滿不在乎用那隻鬚刨在上唇磨來磨去，作剃鬚狀，刮得辣辣作痛，把汗毛扯得光光……

但此後汗毛再長出來，非常粗濃，不是沒有後悔的，真的甚麼都要付出代價。今年對鏡化妝，看到面毛，又想起小時的放肆。」

這個題目，在她的雜文中不止一次，後來去拍照片時負責化妝的劉天蘭細細觀察後也說：嘴角略見汗毛，要漂染才妥……

我常寫餐廳批評，讀者們都懷疑我會不會煮，就算近來在網上，也被人家問同一個問題，這點我自己不再解釋，由亦舒的雜文中可以證明。

在〈大吃大喝〉一文中，她說：「一次，小老蔡在家請客，做了大概二十個菜，飯後由利智、劉天蘭、顧美華和我四個人蹲在廚房洗碗，亦洗了個多小時……」

另一篇〈風流〉，她說：「在電視上看到蔡瀾在黃永玉家表演烹調技術，他穿長袖白恤衫，腕戴積家手錶，正在做蘿蔔排骨湯；他煮的菜我吃過不少，自問並非美食家，可是也欣賞得到菜式中的款款情意……」

說回天地圖書和亦舒的關係，她說：「家裏但凡少了甚麼，都向娘家要。雨前龍井喝光，稿紙用罄，想着那些書報攤說的急用藥物，都致電娘家，叫他們火急航空寄上；親友過境，亦由娘家代為招呼，請茶請飯，出車出人，面子十足。其實已無娘家，所謂娘家，只是出版社……」

亦舒移民加拿大後，金庸先生與我只見過她一次，從此她不露臉，當今，要問甚麼，也只有問她娘家了。

師太

亦舒用衣莎貝的筆名，在《明報周刊》這一寫，也寫了三十多年了吧。當然，她的小說更早了。

最初見到她時，是一個憤世嫉俗的少女，有點像《花生漫畫》中的露西，一生起氣來隨時讓你享受老拳那種人物，是非常非常可愛的。

我們兩人認識半個世紀以上，但老死不相往來（其實她對任何人都一樣，包括她的哥哥），她的消息，我也只借這本周刊得知一二，這是我唯一知她近況的渠道。

當今，她在大陸擁有無數的讀者，恭敬她的人，稱她為師太，的確，在寫愛情小説，她足夠資格當師太級的人物，雖然這個名稱令人想起金庸先生的滅絕師太，有點可怕。

在最近這篇散文中，她提稿酬事，我相信也有很多讀者想知道的，亦舒説聽到小朋友提議：「書是我寫的，讀者因我名買書，為何只分到十個巴仙的版權費？」

她跟着解釋：書本印出來，需先排字、紙張、印刷、裝訂，這些，都不便宜，出版社還要設計封面、校對、付宣傳費等等。她忘提的是，那廣大的發行網，作者要是自己拿到書店賣的話，車馬費都不夠。

喜歡看書的人，尤其是思春期中的少女，都夢想自己開一家書店，種滿了花，有咖啡、有茶，招待客人，只賣自己喜歡的書。

更高的理想，就是成為一名作者了，口講不出，內心裏也偷偷幻想。男讀者的話，當金庸、倪匡；女作家呀，當然是亦舒了；自以為寫的是嚴肅文學，就要當楊絳，還要嫁給一個名氣更響的丈夫。

大家都當作家，大家都想書一出版，就是好幾百萬本，向羅琳看齊。

崩一聲氣球破了，回到現實，連自己印刷的幾百本也賣不出去。奇蹟不是沒有的，但少之又少，當今的網絡作家，就是奇蹟。

那到底要賣多少本才是暢銷作家呢？內地的市場那麼大，幾百萬本不行，幾十萬總賣得出去吧？別作夢了，市場是大的，讀者是多的，就是不買書罷了，大家上網看去，實體書能夠印得上十萬冊，萬歲萬萬歲！

五、六萬本已是厲害得很，大陸市場，有些書還沒一個彈丸之地的香港賣得那麼多。他們有的是讀者，但他們的發行做得相當的落後，除了幾個大城市，賣書的地方不多，鄉下根本沒有書店生存，數量非常有限，以寫作為生，靠賣書發財，都屬奇蹟。

亦舒的小說在大陸，銷路和香港一樣穩定，每天勤力地寫，出版社照樣出書，在《明報周刊》，數十年不斷地刊登她的長篇小說。

幾個月便能聚集出版一本書，根據出版的資料，亦舒在「天地圖書」一共出版了三百一十本書，小說有二百六十一本，其中長篇小說佔大部份，短篇及中篇小說共七十九本，散文集四十四本，散文精選集五本。

最新作品叫《森莎拉》、《珍瓏》和《這是戰爭》、《去年今日此門》。《寫作這回事》這本散文集讓讀者了解她寫作的心得和經驗，是一本非常難得的書，如果對寫作有興趣，又想當作家的話，一定要買本看。

負責編輯的是吳惠芬，當劉文良先生在世時我常上他的辦公室，外面坐的就是這位小姑娘，當今她已是天地圖書的要員之一了，編輯亦舒的書，少不了她，貢獻鉅大。

除了《寫作這回事》，吳惠芬還編輯了幾本談及亦舒逸事的書。《無暇失戀》談愛情與兩性關係；《紅到幾時》談工作和事業；《我哥》圍繞倪匡兄的趣事，以及《紅樓夢裏人》專寫亦舒閱讀《紅樓夢》的心得和見解，研究紅學的人非珍藏不可。還有一本新出版講亦舒的喜好《就是喜歡》，另一本有關她的人生經歷的，會繼續推出。

在二〇一七年，國內電視劇《我的前半生》改編自亦舒的經典作品，再次成為眾人的熱議，接下來可以改編的還有很多很多，像一個挖不完的寶藏。

亦舒小說從不過時，三百多本中沒有一冊是重複的，連她哥哥也驚嘆道：「我的科幻天馬行空，甚麼題材都可以寫，有取之不盡的泉源。我妹妹的，寫來寫去，不過是A君愛B君，B君又去愛C君去，那麼簡單的關係，一寫就可以寫成三百多本書，叫我寫，我寫不出！」

日前因為寫這篇稿需要一些數據，和吳惠芬聯絡，她問及當年在《東方日報》的專欄版「龍門陣」中，有一個叫〈一題兩寫〉的專欄，由亦舒和我每日在左右寫一篇同題材的，而出題由誰負責？

這是多年前的事了，是誰出題我自己也忘了，依稀記得是當時的老總兼編輯周石先生提的，其中有一篇吳惠芬印象極深，是〈何媽媽〉，亦舒和我都住過邵氏公司的宿舍，也得過何莉莉的媽媽照顧，我們兩人各自發表對她的觀點，令讀者留下深刻印象，可惜內容已找不回，要聚集出書，是不可能的了。

時常想念這位老友，今天東湊西湊，寫成這篇東西，當成問候。

書　　名　倪匡・蔡瀾看亦舒小説
作　　者　倪匡　蔡瀾
責任編輯　吳惠芬
美術編輯　楊曉林
封面插圖　Untitled Workshop
出　　版　天地圖書有限公司
香港皇后大道東109-115號
智群商業中心15字樓（總寫字樓）
電話：2528 3671　傳真：2865 2609
香港灣仔莊士敦道30號地庫／1樓（門市部）
電話：2865 0708　傳真：2861 1541
印　　刷　亨泰印刷有限公司
香港柴灣利眾街德景工業大廈10字樓
電話：2896 3687　傳真：2558 1902
發　　行　香港聯合書刊物流有限公司
香港新界大埔汀麗路36號中華商務印刷大廈3字樓
電話：2150 2100　傳真：2407 3062
初版日期　2019年6月初版／10月第二版・香港

ISBN 978-988-8547-95-1